新语文名家散文精选
谭曙方 主编

心中的雪

侯讵望 著

山西出版传媒集团
北岳文艺出版社
BEIYUE LITERATURE & ART PUBLISHING HOUSE

·太原·

图书在版编目(CIP)数据

心中的雪 / 侯讵望著. —太原：北岳文艺出版社，2021.8
（新语文名家散文精选 / 谭曙方主编）
ISBN 978-7-5378-6422-0

Ⅰ.①心… Ⅱ.①侯… Ⅲ.①散文集—中国—当代 Ⅳ.①I267

中国版本图书馆CIP数据核字(2020)第134079号

心中的雪
侯讵望 著

//

出 品 人
郭文礼

策 划
续小强 赵 婷

责任编辑
李向丽

封面设计
萨福书衣坊

封面绘图
南塘秋

印装监制
郭 勇

出版发行：山西出版传媒集团·北岳文艺出版社
地址：山西省太原市并州南路57号
邮编：030012
电话：0351-5628696（发行部） 0351-5628688（总编室）
传真：0351-5628680
经销商：新华书店
印刷装订：山西人民印刷有限责任公司

开本：787mm×1092mm 1/16
字数：172千字 印张：13.25
版次：2021年8月第1版
印次：2021年8月山西第1次印刷
书号：ISBN 978-7-5378-6422-0
定价：39.80元

本书版权为本社独家所有，未经本社同意不得转载、摘编或复制

序

杜学文

　　随着时间的变化，人从幼儿走向童年、少年。对于生命来说，这也许是一些最纯真、最富于诗意的时光。有家的呵护，有不断发现的新奇世界，有无限的可能性；还不会也不需要掩饰自己，不会也不需要考虑如何才能适应别人、适应社会。也许，从生命的成长过程来看，这是一个还不能也不需要承担责任的时刻，是一个不识愁滋味的时刻，是一个可以任性地放飞自己的时刻。当然，也是一个在潜移默化中被生活影响，并奠定自己未来走向基因的时刻。有很多的想象，很多的希望，很多的选择……但是，随着成长，这些"很多"变得越来越少，甚至成为不得不的唯一。这种想象的力量也许会对人的一生产生极为重要的影响。在很多时候，特别是对于成年人来说，想象似乎是虚幻的，非现实的，甚至是无意义的。但对于人整体来说，失去了想象力却是可怕的。如果这样的话，人们就只能匍匐在地面，而失去了星空，失去了更广阔、更丰富、更多姿多彩的世界——未来的可能性、现实的创造力、内心世界的感悟力，以及对幸福的体验与追求。所以，在人的生活中，除了现实存在之外，仍然需要保有提升情感体悟、净化精神世界、培养想象能力的生活方式。在很多时候，我们需要依靠艺术——当然也包括文学在内来实现这种想象。文学，不仅仅是表现生活的，也是想象生活的——建立在现实生活的基础之上，对未知世界与未来生活的理想构建。这种想象力的培养，也许在人的童年与少年时代更为重要。

实际上，每个人都在想象中成长、变化。在成人的世界里，这种想象越来越被现实生活所规定、制约。当一个人成为学生的时候，非学生的生活就不存在了。他必须在学生的前提下选择未来。但选择了通过读书来改变人生的时候，非读书的可能性也不存在了。尽管选择是对现实利弊的权衡，但仍然是对未来可能性的想象。当然，想象并不局限在这样的选择之中，人还有很多非现实的想象——对艺术世界的虚构，以及对不可知世界的精神性营造等等。前者可能会更多地影响人的情感，而后者则更多地影响人的创造。

事实上，每一个人在其幼年时期都会有想象的努力——自觉的与不自觉的。以我自己的经历言，曾经想象时间的停滞，希望知道时间停滞之后会发生什么。结果是时间并没有停滞，停滞的只是自己的某种状态。在我家乡村外的山脚下，有一条河。河中一个很小的瀑布下聚满了水。那水是深绿的，有点深不见底的感觉。我们那里把这样的地方称为"龙潭"，就是河中水很深的坑。旁边有一个石头垒起来的磨坊，里面有一座水磨——利用瀑布的落差来推动石磨。大人们说，这龙潭很深，一直能通到海底的龙王爷那里。我不太理解如何从太行山的地底通往大海，也不知道假若到了大海会怎么样，但却希望能够有一条龙带着我去看看大海。这大海与龙宫就成为幼年的我对未知世界的想象。

人的想象力当然是建立在社会生活之上的。如果没有听过大人们讲龙王的故事，就不可能去想象龙宫的景象。这种社会生活也隐含了人的价值判断与情感选择。当人们在其成长的幼年时代，能够更多地接受积极健康的价值观，接受良好的情感表达及其方式，其想象力将向着更美好、完善、向上的方向发展。人会在无意识中选择那种积极的表现方式。这也许会影响人的一生。就是说，在人成长的初期，想象力及其表现方式是非常重要的。

也许人们意识到了这种重要性，出现了很多希望能够满足童年或者少年人群精神需求的活动。游戏、体育、劳动、阅读，以及相关的艺术活动，包括文学阅读与创作活动。据说那些非常著名的作家往往会写一些少儿作品。而那些儿童文学作家则被认为是"最干净"的职业人群。正是他们，在那些如白纸一般的人心中绘画。他们使用的颜色、图案、创意将深刻地影响人的未来。而人们总是希望自己的未来将更为美好。

从这样的角度来看，北岳文艺出版社策划出版一套《新语文名家散文精选》就有了非常特殊的意义。这并不是一般的作家散文创作结集，而是有明确的目的指向——为那些正在成长的读书人提供可资参考的读本——它主要不是为了体现作家在艺术领域的探索创新，不是为了研究某个创作领域的来龙去脉，也不是为了让人们获得知识——当然我们也不能排除这样的功能。但无论如何，其核心目的是要为培养孩子们的想象力、审美能力提供一些看起来感到亲切的范文。至少会使读书的同学们能够在写作上有所参照。这是很有意义的。

从体例设计来看，也非常有效地体现了这种目的。这套书选择了十一位作家的散文作品。他们分别生活工作在山西的十一个地级市，有某种地域意味在内，也会强化读者"在身边"的认同。这些作家，大部分我都有接触，基本上了解他们的创作情况。其中有成果颇丰的老一辈作家，也有风头正健的中青年作家。他们的文学贡献也主要体现在散文领域。这对读者的阅读来说有很强的针对性。在每一篇作品的后面，还邀请各地从事教学的名师进行点评，以帮助读者更好地进入作品的艺术情境之中，领略作品的艺术特色，以及文中表露出来的情感状态、价值选择。这是非常好的设计。同时，还邀请相关的专家对每一位作者的作品进行比较专业的综合性论述，便于读者从全书的整体来把握作品。这些作品主要集中在"情"上——故乡之情、父母亲情、友情爱情、事业之情等等。其中一些堪称范文。当然也有一些知识性、研究性与介绍性的作品，亦可丰富拓展读者的视野、心胸。通过这些作品，我们不仅会感受到不同时期人们的生活状态、情感状态，还可以理解作家们表达情感、进行描写的艺术手法，既有助于同学们想象力、创造力的提升，亦有助于同学们写作能力的提高。

　　人的生活状态至少有两个方面。一是显性的、可见的。比如学习成绩、创作成就、劳动收获等等。但还有另一种是隐性的、不可见的。如你会因为学习成绩提高而感到高兴、欣慰；会因为自己的作品受到读者喜爱而增强了创作的动力；秋天收获的时候，会因为这一年风调雨顺有了好收成而感到欣喜，增强了过好日子的信心等等。也可能因为这些，你会更努力地工作学习，更尊重别人的劳动付出，更希望自己做一个好人、优秀的人。相对来说，那些显性的、可见的生活状态往往受到人们的重视，因为其直观，有功利性。但也许那些隐性的、不可见的生活状态对人的成长、完善，以及激发内在动力与想象力、创造力更加重要。它们虽然看不到、摸不着，似有若无，但往往决定了人的情趣、视野、眼界、胸怀，以及精神状态、价值选择与审美能力。正因为这些东西的存在，使你能够更好地面对社会、人生，正确地选择自己的道路、方法，感受到生活的美好、幸福，并保有追求更美好未来的力量与信心。这样来看，这套书意义重大。我真诚地希望大家能够喜欢，也希望有更多的适应同学们阅读的好书面世。

2021年3月21日于晋阳

（杜学文，山西省作家协会主席，著名文学评论家）

目录

第一辑 忆旧

- 003 籍　贯
- 010 回　乡
- 020 故乡采风记
- 031 鞭炮情结
- 036 饭场与古树
- 040 祭祖与上坟
- 046 故　乡
- 055 我们的1963
- 060 沤酸菜
- 063 一件往事

第二辑 行走

- 069 访延安
- 075 访韶山
- 081 在山海关前伫思
- 088 法门寺瞻佛指舍利

093 远眺水神山

099 李宾山南寺寻访记

104 路　上

107 雨中平遥观画展

111 随部长下乡

116 在高长虹故居前

123 红柳与梭梭

128 垧上寻春

133 越霄寻古

137 水占寻幽

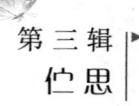

第三辑
伫思

143 心中的雪

149 感恩与愧疚

153 同郭兰英照相

156 听唐国强聊天

159 李雪健为我盛牛奶

162 追求平常
　　　　——散文集《路上》后记
165 病　悟

第四辑　己见

173 生的反思
176 我是我吗
179 短命的西晋
182 王允的悲剧
186 十两银子"买"武松
189 沧州佳酒不应官
192 谈雅事

195 文学故乡的寻觅和佐证
　　　　——读侯讵望的散文集《心中的雪》
　　　　　　　　　　　　　　　　/ 指尖

心中的雪

第一辑

忆旧

对于家乡祖籍而言,如果自己家里,自己家里,自己乡里,出了一个了不起的人物,也是这个家里、家族、乡里的荣耀。

过去讲荣归故里,只有回到熟悉的地面,你的荣耀才有所附丽,否则,与己无关的人,发再大的财,当再大的官,我们有什么可骄傲和自豪的呢?

籍　贯

按照约定俗成的解释，籍贯，是祖居地或原籍。想到写一篇关于籍贯的文章，其实与自己最近的研究有关。年初，写了两篇关于一代华严宗师李通玄籍贯研究的文章，于是对"籍贯"问题发生了一些兴趣，觉着这个问题关乎中华文化，有必要一说。

李通玄是唐代人，好多书中记载他是太原人，有的称他为北京人，其实还是太原人，因为在武则天朝，太原曾被命名为北京。但也有写他是沧州人的，甚至解释即现在的沧县南，这是由于历史的误解造成的。文献说，李通玄自言"沧州人"，其实这里的沧州，应该写作"滄州"，据盂县发现的明代一处碑刻记载，其实这个地方在太原的东北方。随着时代的变迁，这个地方恐怕永远也找不到了。

我们知道，太原城址已几经变迁。单说宋代，赵匡胤陈桥兵变，黄袍加身，建立宋朝。宋军直逼晋阳城下，夺取了汾河桥，焚毁了延夏门。后北汉的契丹援兵赶到，久攻晋阳不下的宋军才撤兵。这是宋朝第一次攻打晋阳。多次攻打难以奏效，赵匡胤于是学古人之法，水灌晋阳。古代晋阳是在两山夹一河的河槽里建的，所以在大水的漫灌与浸泡之下，晋阳南城的一段城墙崩塌，汾河水冲入晋阳城，宋军乘着小船进攻，并放火烧毁了南城门。而北汉军队用柴草堵死缺口，修补好崩塌的城墙，死守晋阳。这样多次较量，赵匡胤在位期间，始终未能夺取太原。

直到宋太平兴国四年（979年），宋太宗赵光义才最终灭掉了以太原为都的北汉政权，统一了全国。风水先生说，太原是"参星"的分野，天上参商不相见，地上宋晋不并立，有宋没晋，有晋没宋。山脉象征为龙，称龙脉，根据山的走势，分为龙头、分龙、起龙和龙尾。太原北面的系舟山是晋阳龙脉的龙首，西南的龙山、天龙山是龙尾，而晋阳就是龙腹。赵光义为了破坏晋阳的风水，把系舟山削去了山头，并下令火烧晋阳城，又引汾、晋之水把晋阳城夷为了废墟。

所以，我们哪里去找唐代的沧州呢？

但籍贯问题却不因为地名的废弃而作罢。在中国，籍贯是一个人的根脉，过去不管是居官还是经商，走千里万里，根脉不能丢。"问我老家在何处，山西洪洞大槐树。祖先故居叫什么，大槐树下老鹳窝。""谁是古槐迁来人，脱履小趾验甲形。"这些流传于河北、河南、山东、东北等地的民谣，说明我们的祖先对于自己根脉的记忆与留恋。正因为如此，山西洪洞大槐树才成为海内外数以亿计的古槐后裔寻根祭祖的圣地。大槐树也被当作了他们的"家"，他们的"根"。

我们民族对于籍贯的重视由来已久了。在一些古书中，往往要交代其籍贯，戏文里也有演员一出场，在定场诗里报籍贯的：某，常山赵子龙是也……《魏书·食货志》有："自昔以来，诸州户口，籍贯不实，包藏隐漏，废公罔私"的记录。《醒世恒言·张淑儿巧智脱杨生》有："正德年间，有个举人，姓杨名延和，表字元礼，原是四川成都府籍贯。"就是现代的一些文学作品，也会交代作者或人物的籍贯，杨沫《乡思的朝和暮》有句子："多少年来每当有人问到我的籍贯时，我总是这样自豪地告诉对方。"连鲁迅先生，也曾因为籍贯问题，发生过笔墨官司。

那么，怎样的地方才算是自己的籍贯呢？籍贯又称祖籍地，是一个家族族群的某一时期或某一位祖先的长久居住地，一般以曾祖父及以上父系祖先的长久居住地或出生地为准。一些已经离开了祖先的出

生地或已经离开了家乡的人,他们的后代,仍然追溯祖先的出生地或祖先的家乡来作为自己的籍贯。

在古代,单个"籍"的字面意思,是指一个人的家庭对朝廷负担的徭役种类,也就是指其所从事的职业,如"盐户"(专门为朝廷煮盐以服役的)、"军户"等。北魏诗歌《木兰诗》中木兰家就是军户,所以"昨日见军帖,可汗大点兵,军书十二卷,卷卷有爷名"。同一种户役的人都编入一份册籍。

单个"贯"的字面意思,是指一个人的出生地,如"乡贯""里贯"。《隋书·食货志》云:"其无贯之人,不乐州县编户者,谓之浮浪人。"可见,没有户籍的人,就像水上的飘萍,是没有根脉的。这与古代的殡葬制度也颇有关系。过去,像犯了王法的、恶死的、充了贱籍的,如当了宫人、入了乐籍等,都不允许进祠堂,入祖坟。做官几千里,死在衙所,也要千里迢迢运回祖坟来安葬,概由于归根也!

古代的户籍可指一个人的出生地(贯)和家庭徭役种类(籍)的登记文件。白居易《新丰折臂翁》诗云:"翁云贯属新丰县,生逢圣代无征战。"籍贯合在一起,不是字面意思的简单相加,而是指祖居地(祖籍地)或原来籍贯。《魏书·景穆十二王列传》:"太兴弟遥,……迁冀州刺史。遥以诸胡先无籍贯,奸良莫辨,悉令造籍。"不是说胡人没有出生地,而是没有注册。《魏书·宦官列传》:"石荣籍贯兵伍,……"即其籍编于军队。如此而已。

籍贯一般从父系,个别从母系。1999年全国范围内重新填写新版《干部履历表》时,中共中央组织部和国家档案局曾联合下发过文件,在"填写说明"中解释,祖父的出生地可以填为本人的籍贯,这已经有悖于曾祖父及以上长久居住地或出生地为籍贯的老例了。现在的籍贯填写更加没有规矩,好多人没有了祖籍的概念,特别是年轻人,他们普遍错误认为籍贯就是户口所在地或出生地,让人感到滑稽和可笑。

改革开放以来，中国出现了数量巨大的流动人口和迁徙人口，大量的人不知道自己的籍贯地或忘记了自己的祖籍地，这是一种历史的进步呢，还是相反，我无法判断，但我想，一个民族，一个家族，乃至一个人，如果没有了根脉，是走不远的。南方的客家人，到现在都保留着自己曾经生活过的祖籍地的民情风俗，这是中华民族几千年长盛不衰的重要文化源头。

问题要从两方面来讨论，对于远离家乡的个人来讲，明白自己的籍贯是血脉有根的表示。这就像风筝，能够飘得高，飞得远，是因为有线的牵引，由于有线的牵引，它才能越飞越高，越飞越远。一旦线断了，它也就离掉下来不远了。这只是比喻，但人的籍贯就是那根牵引的红线，我们不能忘记自己的来处。而对于家乡祖籍而言，如果自己家里，自己家族，自己乡里，出了一个了不起的人物，也是这个家里、家族、乡里的荣耀。过去讲荣归故里，只有回到熟悉的地面，你的荣耀才有所附丽，否则，与己无关的人，发再大的财，当再大的官，我们有什么可骄傲和自豪的呢？

当然，祖籍不一定就是故乡，但故乡一定会成为祖籍。

现在争抢名人已经成为一些地方打造文化品牌的撒手锏，早在清朝时，南阳与襄阳就曾争论过汉时隆中的归属。诸葛亮《出师表》中有"臣本布衣，躬耕于南阳"的句子，湖北人说隆中就在湖北，由于当时隆中属南阳郡，故称"躬耕于南阳"；河南人不干，说当时武侯就是隐居于南阳，也是列举了诸多例证。双方相持不下，于是官司打到了南阳知府顾嘉蘅的大堂上。顾是襄阳人氏，当时看着两干人等，一边是桑梓乡亲，一边是子民百姓，都不好得罪，急得又摇头又龇牙花子。还得说那时的"公务员"水平高，但见他略加思索，引笔铺纸，浓墨疾书一联，悬于堂上。两干人抬头观毕，莫不心悦诚服，遂拱手散去。联曰："心在朝廷，原无分先主后主；名高天下，何必辨襄阳南阳？"可见这籍贯问题有时就是社会问题。近日的俄罗斯和乌克兰为克里米亚归属，几乎动了刀枪，能说是个小问题吗！

因此，古人把籍贯看得十分重要，重要到人生"四大喜"的程度。宋朝洪迈《容斋随笔·得意失意诗》八卷云："旧传有诗四句夸人得意者云：'久旱逢甘雨，他乡遇故知。洞房花烛夜，金榜挂名时。'"他乡遇故知，一定是离开祖籍之后，而且是遇到过去的交心朋友，才会有如此喜悦的心情吧。想象一下过去的交通和交通工具，我们就能理解这种"有朋自远方来"的感受了。

贺知章的诗《回乡偶书》云："少小离家老大回，乡音无改鬓毛衰。儿童相见不相识，笑问客从何处来。"说的也是这样的心情。公元744年（天宝三载），他辞去朝廷官职，告老返回故乡越州永兴（今浙江萧山）时，已八十六岁，距他中年离乡已有五十多个年头了。当年离家，风华正茂；今日返归，鬓毛疏落。人生易老，世事沧桑，不禁感慨系之。但对故乡的眷恋，是落叶归根的情意，是认祖归宗的念想，是本是故乡人应回故乡去的激动。

这就是籍贯的力量。

现在，许多人在编写自己的家谱，叙述自家的荣耀，梳理家族的脉络，寻找自己的来处，这是中华文明的源流。以血缘关系和地缘政治为纽带而联系起来的人群，具有强大的凝聚力、号召力和生命力。籍贯是故乡的老屋，风雨飘摇而温馨永存；籍贯是故乡的老槐，枝叶飘零却生命旺盛；籍贯是故乡的小河，默默无语但川流不息；籍贯是故乡的泥土，变迁不经可气息氤氲。籍贯是根，只有根深才叶茂；籍贯是源，只有源远才流长；籍贯是魂，只有魂强才魄壮。籍贯是记忆，籍贯是念想，籍贯是荣耀，籍贯是港湾。无籍之人，是浮浪之人，浮浪之人犹如飘蓬，飘蓬会走向何处呢？！

然而，在一次迁徙过程中，自己的籍贯却被户籍民警的一时疏忽给修改了，我的祖籍地成了平定，出生地成了盂县。也罢，过去"一州管三县"，盂县也在平定的管辖范围，说平定大概也不太离谱吧。只是担心，万一自己成了后人的研究对象——我是说万一，岂不是浪费后人的时间和精力！

　赏　析

赏析名人的文章，首先得走进名人，了解他的生平，了解他的性格。

作者侯讵望，且不说他写过的作品甚多，单说去年在全国热播的电影《铁血阳泉》就是他的大作。

翻开他的这本作品《心中的雪》，第一篇就是"籍贯"。在我们的中学课本里，不少作品都提到了籍贯，共同的特色就是简而言之"什么地方，哪里人"。

但是作者没有采用简单问答式回答读者，而是先从内涵上、历史上介绍什么叫籍，什么叫贯？然后引传说、讲实例、吟古诗，让其解释自然而然地融汇进一种中国籍贯文化的内涵；再后用优美的语言，告诉读者记住自己的籍贯，就是把祖先的根脉深深融入自己的血液。

"籍贯是故乡的老屋，风雨飘摇而温馨永存；籍贯是故乡的老槐，枝叶飘零却生命旺盛；籍贯是故乡的小河，默默无语但川流不息；籍贯是故乡的泥土，变迁不经可气息氤氲。籍贯是根，只有根深才叶茂；籍贯是源，只有源远才流长；籍贯是魂，只有魂强才魄壮。籍贯是记忆，籍贯是念想，籍贯是荣耀，籍贯是港湾。无籍之人，是浮浪之人，浮浪之人犹如飘蓬，飘蓬会走向何处呢?！"

  作者运用比喻、排比的手法，用对美丽故土的情感感染着读者。篇末一句才交代了作者的籍贯——山西阳泉盂县。

  与其说这篇文章写的是籍贯，不如说是向青少年讲述着一部散发着浓浓情怀的根脉文化。

  这种写法新颖、耐品……

（董美玲）

  董美玲，阳泉市四中语文老师。国家级首批语文骨干教师，山西省语文特级教师，山西省语文学科带头人，山西省语文教学能手，阳泉有特殊贡献的优秀人才。山西省第九、十、十一届人大代表，阳泉市城区政协第六、七、八、九届副主席。

回 乡

　　车窗外变幻的景致，说明着汽车的速度。回乡的路，已成坦途，记忆中的景色早已隐入脑海深处，多少年不曾复习，变得越来越陌生。望着路两旁急速退后的山峦杂树、河道桥梁，对回乡这件事便有了某种感触。

　　回乡的原因总是多样的。记不清这是自己多少次踏上归途，但每一次，都会升起一种温暖的感觉，一如初次回乡的记忆。其实，感觉还是有许多不同的——那种强烈而急迫的心情，现在无论如何是不会有了。相同的感受大概只有一样，就是牵挂。

　　也许，牵挂是每次踏上归程的唯一解释。

　　头一次远离家乡，是在我读中专的时候。我们到校时是秋天，九月份开学，我从家乡乘长途汽车先到了榆次郊区我堂姐家。那时，正好姐姐回乡看母亲，我便与她同行。开学的日子还有几天，并不急着去报到，我就在姐姐家闲住着，等待开学日子的来临。学校离姐姐家很近，也就一二十里的路。记得去学校那天，乘坐的是村里去太原办事的拖拉机。拖拉机直接拉我到学校宿舍楼前停下，同车的姐夫或是与姐姐邻村居住的五大伯帮我取下行李，那年我十六岁。现在想来，那时自己分明是个孩子，可当时认为自己已经是大人，而且是相当成熟的男人了。

　　临近放假的时候已是冬天，冬天的天气滴水成冰，我们学校又在四面没有任何阻挡的郊外，寒风呼啸，显得特别寒冷。回乡的头一晚上怎么都睡不踏实。我已经想好了，为了省车钱，计划先乘太原到榆次的公交车到榆次市，然后从榆次市再转乘火车到阳泉市，从阳泉市乘汽车到盂县城，晚上到我姨姨家住一宿，次日再赶乘早班跑盂县北乡的长途汽车。虽然汽车在柏泉沟口没有停靠站，但那时只要告诉司机，司机会让乘客下车，就从沟口下车回家。回家的路就没有车坐了，只能步行，从那里再走十余里，也许到晚上就可以见到父母了。盘算着，居然就睡着了，醒来，大约是早上五点半。

学校离太榆公路很近，二里地的样子。学校早饭一般在七点半左右，放假了，就只剩两顿饭，九点多才开饭。来不及吃早饭，扛了个提包，毛巾裹住两只耳朵，就这样离开了校门。那是三十多年前的情景了。校门口昏黄的路灯，在凛冽的寒风中摇晃着树的影子，马路上没有一个人，马路两旁是收割过庄稼的空地，空旷而寂寥，地里可以见到突起的土丘，那是一个又一个的坟地，天光下显得影影绰绰。那时没有什么太旧路，连片的庄稼地里，有时会惊飞起夜宿的恶鸟，惊叫着飞向远处的黑暗中。狂风舔着马路上的灰尘翻卷，在风中，是那种刻骨铭心的冷。对于一位十六岁的少年，走在这样的郊外，却忘记了害怕，是回乡的激情在鼓励着他。

我原以为，走上公路，就会等到公交车，结果我错了，公交七点后才发车。这一个多小时站在马路上喝西北风吗？！于是我决定往榆次市走。扛着提包，走了十多里路，终于来了一辆公交车。已经记不清是怎样去了榆次，怎样到的阳泉，反正，回到盂县城应该是夜里灯火初上的时候了。

那时回乡，是一种想念父母亲人的锥心彻骨的思念。

毕业后，我分配到了阳泉市，一待就是三十多年。那时，从阳泉市到盂县城，路况很差，汽车一般走四个小时，有一次回乡，走了七个小时。那种回乡的感觉，现在想起来都是一种痛。

故乡是对出门在外的游子而言的,如果从小生活在故乡,小山村就是生活的全部,又何来故乡之说。对我而言,故乡的概念也在发生着变化,过去的小山村本来是自己的出生之地,却因为父母的搬迁,很少再回到那里了,而父母现在居住的村庄,又与自己有相当的隔膜,虽然回去看望父母也叫回乡,但那个"乡"却与自己好像没有什么瓜葛了。

这样的故乡,便显得有些空泛起来。

还是说说曾经养育过自己的小山村吧。

三十多年来,也曾多次回到那个魂牵梦绕的地方,但到底已经成为陌路,匆匆的一晤,匆匆的离别,与梦中的情景,记忆里的面貌不可同日而语了。

去年,因为伯母的故去,我又一次回到了故乡。

那是一个小山村,在阳泉市的地图上有时仅仅是一个墨点。父亲喜欢立在墙下,望着地图出神。地图是我过春节时特意为父亲购买的,他在节前精心规划,贴在了正屋的墙上。他已经快八十了,腿脚又不灵便,要不是伯母的过世,他也难得再回一趟故乡。

他指着一个黑点说:这就是咱村?啥也看不清!

是的,地图上能看到什么呢?

这个隐藏在大山深处的小村庄,叫田家庄。走出大山才知道,天下叫这个名字的村庄实在太多了,她根本不起眼,根本不引人注目,根本没有任何诗意和特色。所谓庄者,只是过去有钱人的庄子地而已。读《红楼梦》就知道,庄子地与主家在哪里生活没有关系。我的小村庄,只是过去田姓人家的庄子地而已。有地就要有人耕耘,就聚集了耕种地的人家,逐步,就发展为村庄。所以,虽然叫田家庄,却没有姓田的人家。

村子繁盛的时候有三百多口人,上百户人家,那还是我小的时候，仅学生就有五六十名，三位老师，俨然一座像模像样的学校。学校在村口的神房里。原来以为神房就是庙，其实不是，是临时摆放神像的地方。

我们那里紧邻着藏山祠，藏山祠供奉着晋国大夫赵武。盂县全境，供奉赵武的神庙达百余处。赵武崇拜是当地的一大民俗。赵武者，古人也。现在银屏上火了一阵子的《赵氏孤儿》或《赵氏孤儿案》中的赵氏孤儿，就是在我们那儿藏了一十五年的赵武。关于这个故事，被后来的所谓艺术家改造得已经与历史原貌相去甚远了，不说也罢。赵武是我们当地的守护神，每遇春旱，十里八乡都要请他老人家去祈雨。我们称他为大王爷，庙为大王庙。请回去的大王爷就摆供在神房里。后来成了我们的学校。

我在这个学校读书到五年级毕业。那时小学五年，初中二年，高中二年，是按照缩短学制的要求办学的。初中学校离村二里，在柏泉沟的中段，沟口的村子就是红崖底了，那是改编过《吕梁英雄传》电视剧的著名作家张石山的故乡。

跪在伯母的灵柩前，想着上次她回乡的情景，才短短两三个月，怎么说去就去了呢？伯母享寿九十，也是高寿之人了。上次回乡是夏天，她坚持要回老院子看看，但搀扶她的姐姐没有满足她这个愿望。而她仅凭一根拐杖，已经走不到老院子了。

她是回内蒙古现在的家，参加孙子的婚礼时离世的，据说她正跟人说着话，一下就过去了。大家说她太兴奋走的，也说是心脑血管病走的，或者说该走了走的。但九十的高寿，已经没有必要探讨她逝世的原因了，反正，她就这样走了。走在远离故土的远方，走在生活了几十年的他乡土地，现在要叶落归根了。

老院的确老了，或许用老不足以概括，应该说荒芜了。虚掩的街门没有上锁，推开来，是一人多高的蒿草，原来的正屋早已拆去房顶，变成了遗址，上面的榆树有碗口粗了吧，直直通上天去，把瓦蓝的天遮去半边。西屋还在，也显得低矮而破败，那是我出生的地方。三岁，我就跟爷爷奶奶同住了，所以，有时梦中，全是爷爷的影子。奶奶在我八九岁的时候就去世了。

小时爬上屋顶拎着一杆木头红缨枪在上面"放哨"的小厨房还在，只是塌了半边。厨房旁通往屋顶的石梯还在，石梯上刻着的"梯"字还在。那是受了鲁迅先生桌上"刻字明志"的影响而留下的痕迹。为什么是"梯"字呢？现在记不清了，或许是一步一个台阶，天天向上的意思？或许是"好风凭借力，送我上青云"的狂妄？抑或是人生如登梯，步步登高的渴望？反正字还在，人已老了。

从老院出来，迎面见到了村医刘先生，他辈数比父亲要小，但岁数比父亲大，大概已经八十多了，还是那么清瘦，那么精干。当然认识，就说一说身体，问候一下近况。他也是回乡的人——他儿子都搬到了县城里，他在城里住不惯，一个人回来居住了。我过去是他的"老主顾"，照顾他"生意"多多，几乎隔一段就要请先生为我开些药片或者在屁股上打几针，足见我的先天条件并不是很好。

他说，村里剩下不足二十来苗人了，除了老人，就是小孩。小孩也没有几个，都搬迁走了。他用"苗"这个词来做量词，很形象，很生动。离开的原因当然是因为经济：这里吃水不方便，守着泉水用不上，想用要到数里地外挑；烧煤不方便，过去烧柴火，现在拉煤也不易；交通不方便，出行全靠行走，现在虽然有了各种车辆，但路不行。国家曾经为解决村通公路，花了不少钱，但路只好了一阵子，几天又坏了。

说到烧柴、砍柴，那可是过去每家每户必不可少的营生。烧饭要用柴，烧炕要用柴，没有柴有时连饭也吃不上。我第一次砍柴大约是六岁，六岁的娃娃怎么能砍柴哟？在现在的独生子女看来，不是吹牛，便是胡说，人家是不相信的。可事实是自己居然从那时开始，便走进了砍柴人的队伍。现在信手涂抹几笔丹青，别署"柏泉山人"概源于此也。

当时是父亲叫了去，还是自己要去呢？已经不记清了。到了山上，自己的任务是把树林里那些别人砍下的干柴归拢到一起——那也不是简单的事。由于缺乏力气，一枝柴被生长的树木阻挡着，想要把它拉到稍微平缓的地方，需要费好大周折。有时一手拉着干柴，一手攀着树枝；有时要双膝跪地往前挪动；有时干脆先把柴枝扔下去，自己再像溜冰一样出溜下去……

中午时分，我居然归拢了一抱柴火，父亲为我捆扎起来，俨然有一小水桶粗细。我们那里捆柴一般不用绳子，而是山上砍下的柴草要子。父亲扭好柴要子，把我捡的柴理顺，捆在一起，放在我肩上。这样走一段，父亲替我拎一段，快回村时，为了显示自己，我坚决要求自己扛着回家，父亲没有反对。就这样，在村口，居然有人表扬我：扛得挺不少嘛！表扬者或许就是刘医生。我的自尊心得到了无限满足，从此，这样的"苦难"便伴随着自己度过了每年的暑假和寒假。也就是说，一到放假，自己就会与年龄相仿的同伴到山上砍柴，直到上高中才逐步解脱。

走吧，走吧——刘先生望着我，像是对我说，又像是自言自语。透着无奈和惋惜。

伯母却再没有走进过老院，那里曾经留下过她生活的印痕，有她魂牵梦绕的牵挂，有她的欢乐、痛苦、思索、无奈，甚至憧憬。

风撩动着花幡，摇曳的烛光在阳光下显得十分苍白，搭在河滩里的灵棚，说明着死者游子的身份。村人讲究，死在村外的人，只能在村外搭棚祭拜，不能如寿终正寝的老人，安然躺在自家的正屋。即便村人允许，老院的破败，那里是安放灵魂的居所吗？

这时，我知道，我已经是故乡的异数，一个家乡的陌生人了。

贺知章"少小离家老大回，乡音无改鬓毛衰，儿童相见不相识，笑问客从何处来"的诗句，至少可以回到故乡，回到那个曾经生我养我的地方，尽管儿童不认识了，还有儿童在，而如今，这里却快没有人居住了，哪里来的儿童？哪里来的笑问？哪里来的主人客人？

唢呐的呜咽，让我从记忆中回到现实，眼前的一切如梦幻般演绎，多少年以后，故乡的热土，还会接纳我这个远方的游子回她的怀抱吗？那时送行的是谁？送行的音乐是什么？还会这样响亮而哀怨吗？

我已经泪眼婆娑。

新的故乡是父母亲现在居住的村庄吗？我不知道。

爷爷活着的时候，也曾在这里居住过，但他的心却始终没有离开过柏泉沟深处那个还有几户人家十几口人的小山村。那里有他的牵挂。

父亲现在与当年爷爷一样，时时念叨起远在几十里外的故乡。这次一进家门，他就告诉我，这个院子也被规划了，要是补下款来，他要回老家盖房子。

规划？什么意思？我急切地问。

原来，现在的村庄下是一块煤田，许多煤老板早已打好了主意，想以建设新农村的借口，把这里的人迁走，然后开挖下面的煤炭。这件事已经酝酿好几年了。上一任村干部就曾经打过这里的主意，因为给予村民的补偿太少，而且安置的地方又不在本村，被否决了。其实也不是村民能否决的，关键是县里分管这方面工作的领导调动了工作，村委会也进行了换届，这才把事情凉了下来。

那是谁的主意呢？现在煤炭市场又不景气？

村里领导的主意，他们想在这里开个窑口子，再把窑卖了。

窑者，矿也。

父亲说，咱已经和人家签了协议。

母亲插话说：小南沟的都没签，还不知弄成弄不成哩。

母亲早有重新翻修新房的意愿，或许她希望借着这次的搬迁，能改善一下居住环境吧。

父亲对我说，没有你的房面积，迁来时，你已经不在家，补偿款也没有你的。

我说，由人家吧。

心中却有些许失落。看来，这个故乡确实与我没有什么瓜葛了。

父亲就说，补偿下来，我就回咱柏泉沟把咱的老院子拾掇拾掇。

看来，这里也不是父亲的故乡。

佛经上说，生处为乐。我们生在哪里，哪里就是我们的故乡。

只是，我是说，可是，我们的故乡却越来越被边缘化了。城镇化的脚步把本来宁静的乡村搅乱了，就像池里的春水，一颗石子落下去，泛起许多的涟漪。现在不是一颗石子，而是连续不断的石头，春水快沸腾了。

过去的乡村，一如我的故乡；现在的乡村，一如我的故乡。她像一位蹒跚的老人，脚步明显慢了下来，一步一步，快走不动了，但还在勉强地走着，但总有一天，她会走向死地。那时的故乡，我们还能回得去吗？

望着父母亲爬满皱褶的脸，我说不出话来。

——因为，我已年过半百。

赏 析

文章主要有以下几个特点：

一、开篇点题，直入主题。"回乡的路，已成坦途。"结尾照应开头："总有一天，她会走向死地。"文章结构完整，感情真挚。

二、选取生活经历为素材，真实、平凡而不落俗套。作者目睹眼前的故乡，回忆起故乡的路、车、交通，自己成长过程的劳作；故乡的庙、学校、历史、传说，还有那深深嵌在脑海里的老院等等，都引人入胜。一件件，一桩桩，都表现了自己对家乡刻骨铭心的记忆。

三、描写细致入微，用词准确恰当，突显事物特点。如：写我六岁时跟父亲上山"拢柴"，连用几个动词"拉，攀，跪，挪，扔，出溜……"把自己年龄小，缺乏力气表现得淋漓尽致。还有第一次回乡时为省钱的辗转，受罪，都是对当今青少年活生生的教育。

写老院时说：老院真的"老"了。他像一位蹒跚的老人，在勉强地走着……写出自己目睹故乡的衰败而无可奈何的情感。

在写家乡人烟稀少时，用"二十来苗"表述。"苗"做量词，巧妙，形象。可见故乡只有羸老，弱小，冷落到如此地步，怎能不叫人伤感？老院的情景和葬礼的场面，更加突出作者悲凉、凄清的心境。

四、引用自然，以诗表现。引用《回乡偶书》，贺知章还有儿童相见，我哪里来的儿童？笑问？紧扣主题，感情层层升华。

五、几处反问句、排比句的运用，很好地表达了我内心的感受。如写村庄小，用三个"根本"；写刻"梯"字的意义时，三个"或许……"，表现作者的积极向上。写以后回乡时，连用三个"哪里……"，看起来是问句，实际是在肯定回答。展现心里对失去故乡的悲愤和无可奈何。

（石宝红）

石宝红，阳泉六中语文高级教师，后从事学校办公室工作。曾荣获阳泉市优秀教师称号、阳泉市"1518"工程首批骨干教师、阳泉市职工技术大赛初中语文教学能手。喜好文学，喜欢诗歌。曾在《诗歌风韵》一书中撰稿。多篇论文、诗歌、散文在《阳泉日报》《大时代之音》《阳泉老年大学》等报刊发表。教学论文曾获省级奖项。

故乡采风记

下午刚上班，来了个陌生电话，接，还是不接？以我一贯的做法，会马上压掉。现在骚扰电话该有多少哇——推销图书的、卖茶叶的、做电话黄页的……不胜其烦。看看号码，本地的，那就接了吧？犹豫了片刻，划动了一下屏幕，电话那头传来了家乡的口音。

谁呢？

有多少年了吧，已经和故乡没有什么联系。父母未迁离时，每年总要回去几趟，自从20世纪80年代中期父母搬家后，回去的次数就有限了，掐着指头也能算清。更兼早几年给村里办事惹了一身臊气，我就几乎与村人断了来往。

谁呀？我说。

对方或许没有听清我的问话，也许是心情急迫想把事办成，只是说：想请哥回村里参加个活动，县作协来咱村采风，百十号人，你是这个行道的领导，务必务必给咱回来一趟。我再次犹豫了：这样吧，要没有什么事，我就回去。对方说：咱村这些年灰头土脸的，有人愿意来，咱还不快点洗涮洗涮迎接啊！你回来，咱村就更有面儿了。洗涮？村里吃水都困难拿什么洗涮？但这话总还是让我有点心动。

就在犹豫间，县作协主席的电话打过来，说是县作协会员要到碧屏山庄采风，午饭后还有文艺演出，邀请我支持。支持就是参加，参加即表示支持。我没有回绝的理由，便答应了。

我的故乡叫田家庄，现在起了个雅号，称作碧屏山庄。那里有一处景点：碧屏山，又叫翠屏山，或者曰陆师嶂。百度上介绍，陆师嶂位于盂县城北三十五里处，藏山之南碧屏山上。该山双峰对峙，参差峥嵘，岩削如屏，绿荫蔽日，色似碧玉，因名"碧屏山"。山腹建玉帝庙，庙后有洞，幽邃深远。洞内积水成潭，深暗无底，曰"千佛池"。四周壁上有大小不等、形态各异的摩崖造像数百尊，为北魏年间所造。庙西沿山开凿栈道，迂回数百米，结庐数槛，为僧院禅房。相传唐时有六位僧人在此修炼，羽化为仙，故名"陆师嶂"。

还是在我十来岁时，阴历四月十五到藏山赶庙会，路过那里一次。那次去专门爬进陆师洞看了看。这个洞很有些来历，据老人们讲，它可以走到河北平山。六位修行的僧人，从此洞中入去，就再未出来。古老的传说和秀美的景致，引来诸多的文人墨客游览题咏。明成化年间邑人张拳所作的《六师洞》曰：参破元机控玉鬓，三茅隐映碧萝重；松巢鹤去烟霞满，丹龟人稀蔓草封。花谢石男缘雨瘦，曰残云母任泉春；仙师去后无消息，万古青青数点峰（见光绪版《盂县志》）。乡贤武全文亦有《碧屏山》诗四首，其一曰：寻丹来古屋，扪石扣黄庭。月堕空岩白，天围绣壁青。烟霞留药鼎，麋鹿解山经。闲倚云根卧，谷飔唤欲醒。民国十四年（1925），盂县知事王堉昌也在陆师嶂留下了自己的诗歌刻石：峻岩峭壁接云巅，雅穴屏风碧玉妍。林郁两峰双耸秀，楼高半岭几飞仙。清流千佛池中水，翠映六师洞外天。欲闻当年修化事，相传已久不知年。由此可见，这座山有些来头。虽说自己就住在山下，也听过一些传说故事，却从来没有进行过研究，对这座山峰的概念仅仅停留在儿时的记忆上。

县作协的文人才子们一定是了解了这些故事，才发动了登山游览的雅兴。而且，现在"山寺桃花始盛开"，"不觉转入此中来"也在情理之中。

　　清明时节，万物复苏。早上还有些清冷。出门时，拎了一玻璃保温杯，谁知一关车门，咔嗒，就是一声异响，玻璃杯碎了，我的心一紧。一路心事重重，近两小时车程，倒也平安，便来到了我的故乡。

　　眼前的村庄一如记忆中的模样，但细细品味，却也有许多与记忆中不同的地方。从张家庄村往东一拐，迎面就是一座石牌楼，上面的对联弟弟曾发来短信让我斟酌。牌楼下，是几个护林防火的人员，挎了红袖标，对过往车辆进行登记和忠告。因为有熟人，寒暄几句，我们便继续向村中开去。村口，又是一座牌楼，也是弟弟帮助拟写的对联。路，已经不同于以往，随着政府村村通工程的实施，全部硬化变成了水泥路。这路比前几年硬化的质量要好许多，显得敦实而厚重了。过了牌楼，原来称为前沟的路口也开拓宽敞起来，还立了一块风景石，上刻有三字：陆师嶂。字下面有一箭头指向登山的方向。再往前，我们过去读书的地方斜对过，修建了一处广场，广场里车辆众多。广场中央是更大一块风景石，上面也刻了字，道是：碧屏山庄。广场南面是村委会办公室。刻石两侧，彩虹门上横幅一条，是这次作协采风活动的明显标志。广场上，流动饭店的人正在准备中午的饭食，许多人或坐或站，确有些热闹的样子。在我的记忆中，大概这是村里第一次来这么多人，办这么大的事。我就有些喜悦涌上心头——毕竟，那是我曾经出生成长过的地方。

　　我回去已时近中午，从村里到碧屏山少说也得个把小时的路程，我是走不到了。现在那里的情形如何呢？回来的人都说好，可惜就是太破败了。网上有篇《寻找盂县陆师嶂》的文章，对那里的现状是这样记述的："我们顺着崖中的石道遍访一周，只觉得高崖耸立，脚下峡谷一片浓绿，这里曾经修筑过一个规模宏大的寺院，有两个殿宇就筑在崖洞里，但如今只留下一些残垣断壁和几个面目皆非的颓像，崖壁上有不少摩崖造像，另有一石窟被巨石封堵得严严实实，大概这就是千佛洞，据说洞内有千佛池，池左右石壁造有千佛造像，均为北魏和东魏时期凿制，余为隋唐造像，我们不便也难以打开进入。既然封得如此严密，但愿塑像都安然无恙。虽然无缘亲睹留下遗憾，但如果太容易了，恐怕早被文物盗贼们收拾一空了。"

一下车，村书记便迎了上来。我说：那天是你给打的电话？对方说：可不是我嘛！快，屋里坐。我就说你要回来，他们说你可难请了，不一定回来。他们指谁们，他没有说，我也没有问。稍坐片刻，我便提出不吃午饭的事。他说：那怎么行！油糕、拉面、熬菜，再忙你也得吃了饭再走。我说，吃也行，我们四人要交饭费。他有点难为情：不用，咱也不花大队的钱。他用了"大队"一词，这是"文化革命"时期的称谓。我说：那也不行，你也知道，一来现在反腐倡廉，要求严格；二来咱村是非多多，对你对我都应该注意。他终于同意了，同行的晓悦掏出100元递上，他开了正规收据，盖了村委会的大印，这样我们才决定留下来吃午饭。

聊到村里的景点，他说，除了陆师嶂，还有两处，一处是山神庙的龙凤松，一处就是神房的两株古柏啦。我问：山神庙的碑刻还在不？他说，还在，只是也颓废了。我说，你忙，我们去看看。他没有反对。我们几个人与盂县文联侯主席一起从村庄前面走过，来到了村东，来到了山神庙。

这里说是庙，已经没有任何建筑，的确，称得上风景的就是一对龙凤树了。龙树原来搭在一块大青石上，现在，青石已经被人搬走了，树枝披了下来，原来两只龙脚也折断了一只。这是棵菜树，学名不知道，当地山上遍地是，估计有几百年历史了。据我的推测，应该与神房院门里左右两棵柏树的年龄相当。凤树是一株松树，早已枯死，但依然挺立着，让我们产生诸多联想。它活着的样子我是见过的，郁郁葱葱，枝繁叶茂，确实挺拔秀丽。现在，它只能以一副苍老的容颜示人，就像风烛残年的老人。其实，按照松树的树龄，也许它才刚刚童年——据我的判断，它的树龄顶多百十多年，远不及菜树活得长久。好在，菜树还活着。据村书记说，县上的领导来，专门看过这对龙凤树。县委书记还嘱咐他要保护好这对古物。树旁，果然就发现了一块碑刻，只是过去镶在碑楼里的东西，现在斜躺在地上，任风吹雨淋。同行的礼庆倒了些水上去，拂去上面的尘埃，发现是道光年间的刻石。只是已经难以完全清晰地看出其中完整的句子了。

看罢龙凤松，我们再看神房的古柏。神房不同于庙宇、寺院，是供神圣临时歇脚的地方。准确地说，这里是大王爷歇脚的地方。大王爷是谁？在我们当地，有大王崇拜，大王者，赵武是也。大白话说，就是赵氏孤儿。我们村山的北边就是藏山沟，那里现在已经是旅游胜地了。每年有大批游客，尤其是太原、石家庄的游客慕名而来，欲一睹大王爷的风采。关于赵氏孤儿，电影里、电视上、戏剧中都说得够多，我就不多饶舌了。为什么是他老人家的行宫呢？原来，如果遇到旱灾，临近村庄都要赴藏山庙祈雨。即便是好的年成，也是他老人家保佑的结果，每年要确定一个村庄做会，就是请他老人家到村里巡游，人民通过表演社火把戏，讨他老人家欢心。神房就是请大王时，大王爷临时歇脚的地方。书记说，他对神房做了些维修，只是里面曾经供过一个石刻的观世音菩萨牌位被人偷去了，那可是上千年的古物。现在，许多文物被贩子偷去了，电视、网络上不时就爆出这样的新闻，什么拴马石、础柱石，什么木雕、砖刻，什么门窗、匾额，不一而足，也就见怪不怪了。

神房过去是村里的学校，我小学就是在这里度过的。那时，村子人丁兴旺，最多时有360多口人，学生多时七八十个。学校三个老师，虽然是复式教育，但数学、语文、政治之外，诸如体育、音乐、绘画都有课程安排。遇到节日，还要排练文艺节目，比如秧歌剧什么的，并不感到枯燥。现在，神房虽然经过翻修，但人去楼空，除门里那两株直指苍天的古柏外，其实没有什么可以称道的风景。返回村庄的路上，我们几个都不多说话。故乡的破败由此已经窥见端倪——我们无话可说！

　　同行的朋友提议到我家的老院子瞧瞧。我说，没什么看头，房子都快塌了。盂县侯主席说，他已经去过，确实已经是断垣残壁，蒿草满阶了，可西房还在。随着他们来到我家的老院子时已经是中午时分，院门敞开，院子里杂草丛生。正屋早已拆毁，基址上长出了笔直的榆树，总有碗口粗细。几只麻雀在草丛间跳来跳去，叽叽咕咕说着情话。两株梨树已经枯死，一株桃树独领风骚。火一样的花朵，在春天的庭院里，肆无忌惮盛开着，毫不在意人世间的悲欢离合。我站在院门口，望着院子里的树木，儿时的欢笑仿佛依稀可闻。仅仅几十年，自己就年过半百，头发花白了。忽然脑子里冒出几句戏词来：原来姹紫嫣红开遍，似这般都付与断井颓垣。良辰美景奈何天，便赏心乐事谁家院？朝飞暮卷，云霞翠轩，雨丝风片，烟波画船。锦屏人忒看的这韶光贱！我不敢做太多停留，心中有一丝伤感生出，又不便对人言说。看他们照了几张相片，便匆匆离开。

　　故乡的状貌在外人眼中也许更真实更准确，还是《寻找盂县陆师嶂》写道："几经周折，我们在盂县的大山沟里找到了田家村。沟里一股小小的清溪似有似无地流淌着，村子就在溪水北的山坡上。石街石巷石院墙，石碾石磨石窑房，院子开有排水口，路边留有整齐的排水沟，街道显然经过仔细的规划。院子的门楼考究，院内层叠而上十分规整，既充满着就地取材的原始风味，又透露出高超的设计智慧，古色古香，山野独特，我把陆师嶂都放到一边了。可惜，村里空无一人，一片死寂。即便石墙倒了，院门也吊着一个锈得门板上渗着黄水印的铁将军，里面的草也有人高了。"也许，这就是真实的故乡！据村书记介绍，现在村里全部人口已经不足三十了，且大多是老弱病残。

我们沿村街向西，过去高大的院墙如今显得低矮了，原来宽敞的石板街现在也显得狭窄坎坷了。童年的记忆，只在脑子里存留，美好的往事，留在了历史的时光中。我们能做的，是继续往前面行走。我们做不到的，是留住岁月的光影，让它永恒。

但村书记却对未来信心满满。这次邀请人来采风，其目的就是为了宣传村里的风景，发展村里的旅游产业。对此，我却比较悲观。我说：咱村吃水都困难，怎么发展旅游呢？他却说，现在村里打出了水，要不我领你们去看看。

有水？这可是我多年梦寐以求的愿望，居然打出来了，这真是天大的喜事！我说，搞旅游，没水不行。有水有山，才有好风景。我做梦都想村前有一汪清水啊！说着，几个人出了村委会，向村口的牌楼处走去。这时，迎面来了一骑摩托车的，走近了，认识，叫昌明。也近五十岁了。和我打了招呼，就开始贬损村书记：你这可是闹大了，有点办乱事的样子。我们那里，一般把红白喜事称为"乱事"，有时特指白事，就是打发死人的事。这个昌明显然是指这个。他跟着我们，一面说着损人的话：在前沟口，指着一处新修的五道庙说，就因为修五道庙，把太明也给修死了。

太明是他二哥，过去曾经担任过我们小学的老师。后来学会了相面算卦、看坟点穴，以此为生计。怎么？你哥去世了？我问。都是这狗日的，烧夜纸还让我跑了俩地方，说是五道爷没有迁出来。我笑了。我们村原来的五道庙在村东头，与山神庙在一处。现在迁建到村西，可能当时选这个位置就是太明给看下的，否则，不会有昌明"修死人"的说法。他一直跟着，上到一处小山坡。那里已经不是原来的样子了。或者说，过去就没有这个山坡，是开钻打洞才把它削成一处山坡。村书记指着一处水泥封固的井口，说："就是这里。"

原来，这里并不是专门打出的水井，而据说是一家国家地质部门钻出的探测稀土的深井。人家告诉说，在二百多米处，就钻出了地下水。我们在村庄里老街上参观的时候，见到过打井钻出的岩芯，整齐地码在一家人家的院墙之外。书记说，钻了一千多米。昌明说，人家把里面的东西都取走了啊！我说，那应该把里面的水用起来。书记说，我就是想办这个事。在山坡上面的前梁上修个蓄水池，提水上去，利用高差，就可以流入村里每户人家了。我心说，是个好主意。也就极力主张他尽快与有关部门沟通，成其好事。

昌明见我们说正事，讪讪地对我说："哥，这小子可会挣钱哩，不要给狗日的要钱，要上他都花了哩。"见我没有说话，就说："我在影响你们说话，我走喽。"骑着摩托车一溜风下坡走了。这期间，村书记却始终没有对昌明有一句褒贬。

我在路上想，打出水来肯定对村里生产、生活乃至发展旅游具有重要意义，但变成现实，真正成为一口水井，却有很长的路要走。即便是有关部门同意了，批准了，打井的费用也是个不小的开支，就凭村里现在的财力，恐怕也是镜花水月。或者说，把水引上山，流入了各家各户的灶台，对于只有几十口老弱病残的村子，其意义又在哪里呢？我是说，农村的破败，不仅仅是它的荒草萋萋、断垣残壁，而是它现在人们的观念，比如昌明，以及它的后继乏人。我们单位现在扶贫的一个村子，也与我的故乡一样，村里年龄最小的也已经五十岁了。

令人欣慰的是，这感慨被村东一处新盖的小二楼阻断了。或许，是我错了？故乡并不如我的判断，在一直衰败下去，而是也在不断新生，不断发展，不断进步呢？

走，进去看看。我提议。在这样的村庄，居然有如许漂亮的建筑，确实不多见。好奇把我们的脚步引到了这家院子。其实，关于有人在老家盖新房的话题，我在过年看望父母时已经被提到，当时没有太在意，而且没有预想到会建筑得这么气派。所以还是有点喜出望外的意思。大门敞开，院里没人。我们也不好意思上楼，进客厅看看，绝不亚于城市里的装潢。房子还在建设中，没有彻底收尾，地面正在铺砖。这时，主人回来了。认识，是本家姐夫。我问，你这房子也得几十万吧？他说，四十多万吧。他弟兄四人，一人十几万，共同修建的。其实他们弟兄四人没有一个在村里的，老大在河北，他是老二，在榆次，老三我不知道在哪里，老四在县城，是老师。如果村里的人有这样的实力，能建设起这样的住房，农村可能就真有希望了——我在心里说。

午饭被安排在村委会院里，饭后的节目我们没有观看，便匆匆赶回了单位。几天后，我与父亲通电话，告诉了他我回老家的一些情景。他居然说，现在的书记那娃子不赖，看那水泥路修的，平展展的，是咱村这么多年来最好的书记，不是之一，而是最好。可见群众的眼睛是雪亮的。我想，我父亲离开那里已经三十年了，与村书记又没有什么利益纠葛，夸他那是真夸，八十老翁不可能对他儿子说假话。

赏 析

  回故乡采风，最大的特点是，山树草木道路屋舍都熟悉，文化历史自然地貌都了解，不用刻意查资料。

  作者这次回乡采风是带着沉重的期待的。说期待，是因为家乡有充足的可以开发的旅游资源。"参差峥嵘，岩削如屏"的"碧屏山"、山腰上的玉帝庙、庙后的"千佛池"、壁上的数百尊摩崖造像、庙西沿山开凿的栈道、僧院禅房以及羽化成仙的"陆师嶂"传说等等。之所以沉重，是因为这个地方"吃水困难"，村里人口"不足30"，"大多是老弱病残"，而且山神庙前的龙树"脚也折断了一只"，凤树"早已枯死"，神房破败了，以自家为代表的好多房子破败了。

  好在村书记对未来信心满满。还没进村，就有新修的石牌楼，村口又是一座牌楼，村里全部硬化的水泥路面，宽敞的前沟路口，路口刻着"陆师嶂"的风景石，广场中央的石刻"碧屏山庄"以及村书记带他们看"国家地质部门钻出的探测稀土的深井"等等都可以看出村书记对村子的未来规划和正在进行的努力。

  村里有人盖小二楼了，这是村民对未来生活的憧憬和向往。"如果村里的人有这样的实力，能建设起这样的住房，农村可能就真的有希望了"。

  我给父亲通电话，告诉他在老家看到的情景时，"他居然说，现在的书记那娃子不赖，看那水泥路修的，平展展的，是咱村这么多年来最好的书记。不是之一，而是最好。"

  看到的、听到的、感受到的，作者以一种朴拙中带着滞重的形式表现出个人的家乡记忆及如今的体验，以现场叙事的方法，将采风过程中的种种情绪加以凝视和放大。

（寒月）

寒月，山西省阳泉十中教师。山西省作家协会会员，阳泉市评论家协会副主席，阳泉市城区作家协会副主席。在《书画世界》等报刊发表评论多篇。著有诗集《一个脚印五瓣花》。童谣《爱学习的好娃娃》获第三届全国优秀童谣优秀奖。

鞭炮情结

大凡男孩子，小时候几乎没有不喜欢鞭炮的——尤其是我们这些已进不惑之年的中年人。

我小的时候，每当过春节，看到别人家的小孩子在街上的雪地里放鞭炮的情景，就艳羡不已，十分向往自己能有成把成捆的鞭炮。

那时，每逢过年，家家户户往往只买十几只"二踢脚"，小年早晨上坟祭祀祖宗时在坟地里放三声，然后就是除夕午夜零时，大人们祭祀了祖宗和神仙之后，再放上三声，余下的几只，要等到"破五"，扫完"五穷土"倒出前几天积攒的垃圾之后才放。因为"二踢脚"声响、劲大，大人是不会让小孩子点放的，我们只有站在远处看的份。每每这时手痒痒得要命，恨不能抢过大人手里的半截香头，亲自尝试一次点燃的滋味。

我们家孩子多，家境贫困，更是没有闲钱为我们买鞭炮玩，家长看着我们眼馋的样子，觉得实在于心不忍了，就拿出几分钢镚儿，让我和几个弟弟到代销店买几个解解馋。几个鞭炮能过什么瘾呢？没放几下，早没了！看着别的小朋友，一个接一个的"乒乒乓乓"，我和小兄弟们心里像长出了手一般，抓心挠肺地难受。

有一天，我终于发现了老爹藏钱的地方，到过年的时候，大着胆子，偷偷从里面取了一毛钱，到代销店买了40个小鞭炮，藏在我家一间空房放瓜干的菜篮子里，用瓜干埋了起来，省着放。

真应了那句老话"偷来的锣打不得"，没几天，我藏着的40个小鞭炮就被老爹发现了。老爹铁青着脸，问："鞭炮哪里来的？"我当然不能如实相告，脸涨得通红，说："别人给的……捡的……"老爹目光炯炯，我吓得哆嗦，看实在骗不过了，只好嘟嘟囔囔说："……买的……"老爹紧追不舍："钱哪里来的？"我不吭气了，委屈的眼泪早已溢满了眼眶，斜着眼看旁边的爷爷、奶奶和老妈。没想爷爷装聋作哑，老妈也仿佛没听到一样。我仅存一线希望，婆娑的泪眼，望向奶奶。老爹却斩钉截铁地说："谁也不许救驾，反了天啦，敢偷钱买东西，大了还不成三只手呀！我叫你再偷！"说着话，他的大手在我的腚部做着一上一下的机械运动，一下二下……我像杀猪一样地嚎叫起来。就这样，老爹仍不解气，他拖着我，从大门里一下把我扔在了大街上，邻居们都过来劝说，老爹这才罢了手。

挨打是肯定的，可气的是他老人家非让我把没有放完的30几个小鞭炮给代销店退回去，这是令我无法接受的。我心想，头可断，血可流，鞭炮退回不能够！我的倔劲上来了，我守在大门口，拒绝回家。天已经黑了，爷爷急得开始数落老爹，奶奶打着灯笼和爷爷把我弄回了家。然而，斗争的结果并不理想，老爹最终还是把剩下的鞭炮退给了代销店。

现在，一毛钱算啥呀！连要饭的都看不起来。有一次，我和几个朋友在火车站旁的露天阳伞下吃饭，一位叫傻喜的有名乞丐，拱着手向我们讨钱。在他拱手的时候，我的朋友郭先生丢给他两角钱，他看了一眼掉在地下的钱，很鄙夷地看了看我们，然后坐在地上，自己掏出兜里的钱来，一五一十数起来。数完后站起来，走到另一个阳伞下，坐了，叫老板：来一斤饺子、一碗鸡蛋汤，给你现钱。

然而，在我小的时候，我们村十个工分只有七分钱，我老爹辛辛苦苦干一天，才挣十个工分，连一毛钱都挣不到，我却用它买了鞭炮，听了响声。如今想起来，深深内疚，有无地自容的感觉。

我老爹是普通的受苦人，为了挣到养家糊口的钱，主要靠起早贪黑地死受，那是一种顶着风险的劳作。

我们小山村，远离城市，到集镇也得16华里。村里没有副业，老百姓的称盐打碱钱主要靠"鸡屁股银行"。然而，由于粮食短缺，鸡的营养不足，常常是守着"银行"没钱花。每户人家为了生存，只能另想办法。

我们家除了养着鸡外，就是靠大山的出产了——割荆条，编筐子。因为这是"资本主义尾巴"，白天不敢干，都是在夜深人静之后。烫荆条的灰土把老爹的两手扎得全是裂口，胶布缠了一道又一道。晚上吃过饭，第一项工作是糊裂子。把捣碎的土豆泥涂在脚上手上，等着别家的人入睡。夜深人静了，老爹才点上柴火，烧热灰土，烫热荆条，开始编筐的营生。编好的筐子要藏起来，怕人看见。等够了一定数目，再连夜走30里路，赶到县城，放给我姨夫，让他给卖出去。我老爹要在早上出工之前赶回村里来继续上地劳作。只有这样，才能不被人发觉自己在"搞单干"。

对于一角钱，我的长辈们有着多样的用途。在二分钱可买一盒火柴的时代，这一毛钱就是一笔不小的财富，我居然要听了响声，简直是"天理难容"了。

虽生活不易，但为了满足我们弟兄对鞭炮的要求，爷爷精心为我们制造了另一种鞭炮：用自行车辐条弯回来，成三角状，在辐条的螺帽里放上火柴头上的硫黄，用辐条的条头压住，然后在石头上一摔，啪一声，声似鞭炮，终于让我们渴望快乐的心灵得到慰藉。

自己长大了，考学到了城里，对于鞭炮的童年记忆也就逐步淡了下来。直到成了家，有了孩子，我的鞭炮情结居然又复活了起来。每到春节，走在街上，看到花花绿绿的爆竹时，关于童年过年的情景就像电影一样，放映在我眼前。一到过年，我会不由自主地买一大堆鞭炮。孩子小时，自己一个人放，孩子大些了与女儿一起放。每当那时，我就忘了自己的年龄，像孩子一样，快乐得不能自已。

现在，孩子大了，尤其是女孩，对鞭炮根本没什么兴趣，这让我十分失望。尽管如此，我依然每年要买一大堆鞭炮，自己一个人放着玩。今年我买了近百元的鞭炮和花炮，在除夕一片爆竹声中，点燃了那份属于自己的好心情。

赏析

文章以小见大，围绕鞭炮情结展开叙述描写，我小时候对放小鞭炮的渴慕，想放小鞭炮偷家中的一毛钱，偷钱被发现挨了老爹一顿狠狠的打，后来渐渐懂得老爹昼夜劳作挣钱不易，心生自责愧疚及终生伴随的鞭炮情结，侧重写了"我用一毛钱买40个小鞭炮"的经历及感受。叙事虽头绪简单，但内涵丰富，让人们能体验到那个贫穷的年代生活的艰难，更感受到以老爹为代表的中国农民传承的勤俭节约、艰苦奋斗、自尊自爱的家风。

作者有着丰富的农村经验，文章接地气，贴近农民日常生活，读来让人身临其境。"手痒痒得要命，恨不能抢过大人手里的半截香头，亲自尝试一次点燃的滋味"，运用细节描写；"我和小兄弟们心里像长出了手一般，抓心挠肺地难受"形象的比喻等，这些语句，一个渴慕"放小鞭炮"的小孩儿跃然纸上。

文章还多处运用方言、俗语，带有浓郁的山西阳泉风味和地方特色，乡土文化气息浓厚，比如：一角钱当地人叫作"一毛钱"，渗透当地文化厚实、淳朴的特点；母鸡下蛋成为"鸡屁股银行"更是反映本地语言的诙谐、有趣；"他拖着我，从大门里一下把我扔在了大街上，邻居们都过来劝说，老爹这才罢了手。"表现出阳泉人的粗犷、直爽的性格特点。

总之，文章既朴实自然，又感情真挚；既通俗易懂，又结构顺当；既喜闻乐见，又乡土气浓。值得用心赏读。

（李银花）

> 李银花，中学高级教师，阳泉市第六中学校工会主席。荣获山西省模范教师、山西省五一劳动奖章、山西省十大杰出女职工、山西省五一巾帼标兵等荣誉称号。阳泉市第十三届、十四届、十五届人大代表。

饭场与古树

有农村经历的人，都知道饭场。尤其到了夏天，村里的人吃饭一般少在屋里，大人小孩端了大海碗，盛满一碗或干或稀的饭，聚集到饭场来，听人们海阔天空、中国外国、城里乡里地侃大山。饭场往往在村里的某棵古树下，自然形成，规模不定，是村民的政治、文化中心。

还是几十年前的往事了。我们村的饭场是在一棵老槐树下，那棵古槐有汽油桶粗细，两个小孩合抱都抱不住。槐树长在我们前街上，街下是一条窄窄的小路，斜斜地伸向下面的河槽。槐树到了夏天，枝繁叶茂，浓荫遮盖了小半条街。每当中午，下工的汉子们会聚在这里，光着膀子，露着脚板，让孩子们把饭端在手上，听村中有学问的人叨古论今。我那时十分向往这个美妙的时刻，在这里，我能听到许许多多我所不知道的新鲜故事。到了晚上，暑热难耐，吃完饭的人都不愿离开，大家一面消暑，一面享受着一天的精神大餐。我就是在这样的地方知道了中国有部书叫《三国演义》。那是我们村的来拴大爷有一天晚上和人讲起了关公和赤兔马，有人说那马不吃草，只吃土，所以叫"吃土马"，有人说不对，因为那马跑得比兔子快，所以叫"赤兔马"。对方就说了，那为啥不叫"兔马"偏叫"赤兔马"呢？为此俩人争得面红耳赤，互不服气，最后也没个结果，所以印象深刻。那晚天上有月朗照，月光透过槐树的枝叶，稀稀疏疏洒下一街的银辉。街下的玉菱地一片墨绿，青蛙的歌唱也分外响亮，总之那是一个令人难忘的夏夜。

　　我生长在山区，满山满坡都是树。一到夏天，我们仿佛置身在一片绿海中，走在树林里，就像走在巨大的凉棚架下，那种惬意很难用语言来形容。村四周有许多古树，槐树、柳树、榆树、核桃树、松柏树等等，大都是上百年甚至几百年的老树，我们这些小孩子几乎见怪不怪了。

　　有一年，大约在我十来岁的时候，饭场边的老槐树被砍掉了，人们再吃饭的时候，就很少到那里了，饭场转移了阵地，挪到了距此不远的另一棵大树下。那是一棵核桃树，长在前街下面的小街上。从前街到小街，有二三十米的距离，经过一道窄窄的小巷，就到了那棵核桃树下。小街其实是半条街，核桃树在街的西部尽头，那里有一处高高的台阶，可以下到河槽里。核桃树叶上容易生毛毛虫，过去有老槐的时候，村民一般不到这里，现在，老槐伐了，只好聚集到它下面来。

　　对于古树的深刻记忆应当说是在我上小学的时候。有一天上午，我们刚刚下课，就见我父亲躺在一棵老榆树下，和村里许多人争执。我们学校设在一处叫神房的庙院里，院门里是两棵上百年的古柏，院门外还有两棵古松，在距离古松正北面的操场边，有一株直插天际的古榆树。榆树的皮粗皱皱黑，像沧桑老人的脸。树粗需两个成年人合抱，想来也有几百年的历史了。据说村里决定要砍倒换钱。那时我父亲的生产队长已经被免掉了，因为他组织村民搞副业，就是搞资本主义，所以，他已经不能够运用他的权力来阻止这种急功近利地对古树的破坏了。于是他只好耍赖，躺下，面红耳赤地跟村里的新干部们讲理。我父亲坚守到人家同意不伐，才从地上爬起来。谁知道，后半夜，人家就把树砍倒了，等他第二天再来时，木已成舟。我父亲急得跳脚骂人，但有什么用呢？

　　这件事使我对古树有了新的认识。我问过父亲：一棵树砍就砍了，你何至于发那么大的火呢？父亲说，砍树容易，要让一棵树长那么高大谈何容易？那要几百年的时间。他们砍树是挖祖宗的坟呀！咱还没有穷到卖祖宗产业的时候，为什么非要砍掉哩！

这就是一个普普通通的农民对树的认识，这就是我的父亲对一个孩子的启蒙教育。从那天开始，我对树木有了一种别样的感情，我把它当作一种与人一样有生命的东西来对待。这种情愫直到现在仍然保留在我的血液中。以后，从课本上，我又知道了关于树木、森林对地球，对人类的好处，我从心底里更加敬佩父亲了。

随着年龄的增长，我考学离开了我的小山村，离开了我们村那泛着绿波的古树、森林，离开了启蒙我知识的饭场。20世纪80年代，我们全家也举家迁离了那里，我不知道，我的故乡现在怎样了。

今年回去与父母过春节，闲里说起了父母的身后事。父亲问我，等他百年之后，是让他回老家，还是留在现在居住的地方。我想听听他的意见，他却没有直接回答我，而是说，老家现在许多土地已经退耕还林了，村里有个叫文尧的年轻人甚至还成立了个什么公司，专门搞植树造林。现在村里又是满山满坡的绿了。说到这里，他叹了口气，说："唉——可惜好多古树都不在了，连那棵能打几十口袋核桃的老核桃也让人给砍了！"话语中透着深深的遗憾。

我顿了顿说："您是不是想老家了？"父亲笑了，笑得像一株溢满花香的老槐树。

赏 析

本文看似写"饭场"与"古树"，实际是写对故乡的眷恋与思念。在农村，端着饭碗到饭场凑热闹，边吃边听村里人天南地北、古今中外地聊，是最重要的娱乐生活，因而作者小时候的记忆跟饭场紧密地联系在一起。而饭场大多有参天的古树作庇荫，有了古树，便有了地标，不再怕毒日头，中午或傍晚端碗饭到树下面一坐或一蹲，自动形成一个娱乐中心。本文通过"古树"与"饭场"两个重要关键词，叙述对家乡的记忆与思念，彰显出作者与家乡的情感关系。

饭场上的故事有趣，古树的遭遇却悲惨。供人们做饭场的老槐树被伐了，操场边直插天际的老榆树被伐了，"能打几十口袋核桃的老核桃"也被伐了，好多古树都不在了，饭场失去了依托，田园记忆也失去了诸多色彩。还好，村子现在退耕还林了，"村里有个叫文尧的年轻人甚至还成立了个什么公司，专门搞植树造林"。文本从古树下饭场的记忆，到古树被伐饭场遭到破坏，到退耕还林、植树造林，平淡中起了波澜，遗憾中添了希望。最后一段，我问父亲"是不是想家了"和父亲"笑得像一株溢满花香的老槐树"，点出"想家"的主题，同时呼应了老槐树下饭场的开头。

作为家乡走出的知识分子，作者以"饭场"与"古树"作为支点，叙述了少年的生活经验和文化记忆，反映了根植于深处的对故乡的爱与对家乡未来的寄托。

（寒月）

祭祖与上坟

我不足二十岁就离开了家乡，虽然出外参加工作较早，但家乡的诸多风俗习惯还是知道一些的，比如祭祖、比如上坟、比如清明节的种种忌讳。

祭祖最隆重的当属春节。春节前一日，我们那里俗称小年，一大早，本族的族人就在长辈的带领下，到坟地去祭拜祖宗。那是一个很隆重的活动，一般都要等上坟的人都聚齐才行动。有墓地远些的，男男女女，打扮得花花绿绿，浩浩荡荡，迤逦走来，颇有"显摆示威"的味道。其实，这何尝不是一种显摆呢？人多显得势重，在一个注重世袭的社会里，人是最可宝贵的，人丁兴旺是家族兴盛的重要标志，所以，从某种意义讲，小年的祭祖，就是对家族发展状况的一次集中检阅。讲究的人家，从除夕接神放炮后开始，整个正月，都要供起祖宗的牌位，上供烧香祭拜。

再一次隆重的祭祖活动就是办喜事娶媳妇的时候了。在新人拜过天地之后，要先拜家谱和祖先牌位，之后再拜高堂，最后才夫妻对拜，送入洞房。除此之外的几次祭祖，就没有那么隆重了，不必全族的人参与，可以单个完成，但也分上坟祭祖和不上坟祭祖。上坟的节日有清明节、农历七月十五、十月初一和冬至。不上坟的其他节日如农历的八月十五中秋节等，这些节日，就可以在祖先的牌位前祭拜，省了到墓地的事。

今年又快要过清明节了，我想说说自己清明上坟祭祖的事。老丈人在世的时候，每年清明，我一般不怎么回老家。原因是路较远，而且有父母给爷爷奶奶上坟。但其实更为客观地说，是我对这件事情没有什么深刻的认识。我的爷爷奶奶对我是很疼爱的，从三岁起，我就在爷爷的被窝里睡觉，一直到我上了初中才自己盖一条被子。尽管如此，每晚也还要将一只脚伸进爷爷的被窝里，这样才睡着踏实。奶奶去世得早，在我八九岁的时候，因心脏病发作离开了我们。她对我可以说是偏爱。我们兄弟四个，她见着三个，但对我这个老大，却有着让人妒忌的爱。我的伯父在外地工作，每次孝敬她寄回来的饼干、点心，她都要用纸包了，压在褥子底下，等我放学回来才一起吃，而且不让我的弟弟们看到。可那时她要搂着我的小身子睡觉，我却不让她，现在想来，这也许是奶奶说不出的遗憾吧。那时，不懂得先辈的感情，没有多给他们上坟祭奠，却是自己不懂孝道、不知感恩的表现。

　　随着年龄的增长，我对上坟祭祖的事有了一些新的认识，至少说，明白了这是一种对先人的怀念与追思。1997年，老丈人去世后，我就每年和妻子到殡仪馆骨灰堂给他老人家祭扫。而为爷爷奶奶上坟祭扫就放在了另外的时间，如农历七月十五。今年清明又不同，2007年，我的岳母去世了，她的离开，使妻子失去了最亲的人，我们也失去了一个依靠。所以，今年清明我们必须到她的墓地去祭扫。

　　说到岳母，她是一位很善良的人，吃苦耐劳是她的重要品德。我的女儿从小在岳母家长大，可以说是丈人、丈母帮我看大孩子的。对于这样一位母亲，我真不知道用怎样的方式来纪念她。去年，她做了结肠癌手术，我们都没有告诉她，她也以为是个小手术，半年后，癌症转移，她每晚疼得睡不好觉，再去医院检查，转成了胰腺癌，住了一个星期医院，大夫还没有来得及治疗，她已经进入了昏迷状态，这样昏迷了四五天，就告别了人世。我记得清楚，那是10月10号，那天省作协通知我参加"赵树理文学奖"评奖的第一次投票，作为评委之一，我不便请假。但望着弥留中的岳母，我又怕一旦离开，她坚持不住走了。妻子家也是外地人，本地没有亲戚，家里人手又少，我为难起来。想到"忠孝不能两全"的话，我还是决定去投票。其实，也是抱着侥幸的心理，觉着老人一定没事。走前，我趴在昏迷的岳母耳边，告诉她我要去开个会，让她等着我。投票用了一个上午，中午吃饭我就吃不在心上，没等大家吃完，我就往回赶，在这期间，岳母几次挣扎，还是等着我回来，在下午5点多离开了我们。那天有几个小插曲，就是我回来后，路就堵塞了，返回去接别人的车在路上堵到晚上12点才疏通。再就是我的岳母临终，怎么也难以咽气，我们想，她一定是想见生病的小女儿，就叫车把小女儿接到医院。岳母见到小女儿，一向紧闭的双唇忽然动了起来，就像平常说话一样，只是没有声音。我们在旁安慰岳母说，明白了，你放心走吧。她这才渐渐合上了嘴唇，安详地走了。

　　这事让我想了很多，比如灵魂的事。我有个观点——科学讲究实证，那么既不能证明有，又不能证明无的东西，我们是否先不要争论，暂且搁置起来以待后人呢？其实，中国传统文化中的好多东西，也许一开始的时候，就有着他实际的内容吧，只是随着时间的推移，把这些内容忽略了而已，比如祭祖上坟。圣人的教诲，也许是发现真理后的真实留言，而正如老子所说：道可道，非常道，名可名，非常名。说出来的东西，已经不是圣人所证明了的东西了。台湾学者南怀瑾先生讲过一个佛经故事——释迦牟尼过世后一二十年间，他的弟子阿难还在，但佛法已经有了改变。有的再传弟子讲法时说，阿难有偈曰：若人生百岁，不见水老鹤，不如生一日，而能得见之。其实，阿难是说：若人生百岁，不解生灭法，不如生一日，而得解了之。当阿难发现有人讲错了，出来纠正时，别人却说他人老昏花，记错了，他说的就是"水老鹤"。可见语言是有歧义的，所以，即便是真理的表述，也还需要人们正确的理解。祭祖上坟的真正内涵是否还有其他的内容，我想，中国传统文化也许能帮我们解开谜团。

　　清明是让人断魂的日子，在我们寄托哀思的时候，或许还能引发一点思考，这也许对我们更有用。但无论如何，清明节去给老丈人、丈母娘去上坟是定了的事情。到时，带些水果、点心，丈人喜欢喝点烧酒，再带点好酒。墓地不能用火，香烛就免了，如果他们二老真泉下有知，我们在哪里都可以表达自己的孝心。

赏析

　　文章的语言别具一格，看似平淡无奇，却又顾盼有情。

　　文章开头祭祖时的场面，在朴实自然的语言中从容不迫地展开，"男男女女""花花绿绿""浩浩荡荡"，这些叠词虽称不上优美典雅，却也在朴实的语言中独树一帜，它们的出现立刻将"人多势众"的特点展现出来，同时再配以"迤逦""显摆示威""检阅"等词，更是凸显出祭祖的隆重，令人仿佛置身于热闹的活动中，心也跟着澎湃起来，更深切地感受到了作者对祭祖文化的尊重。

　　除了宏大的场面描写，文中还有很多细腻的细节描写。小时候"我将一只脚伸进爷爷的被窝里，这样才睡着踏实"，"伸"这样一个无意识的动作写出了我对爷爷的依赖，也写出了祖孙两人的亲密；每次有了好吃的，"奶奶总要用纸包了，压在褥子底下，等我回来一起吃"，"包""压""等"，对奶奶连续动作的描写，写出了奶奶对我的疼爱；然而奶奶想要"搂着我的小身子睡觉"，我却狠心拒绝了，想来奶奶是有遗憾的，我也是心中有愧的吧。长大后连清明上坟这样的事我都可以免去，想到疼爱我的爷爷奶奶，我内心是无比愧疚的，所以祭祖时，不光在祭奠亡灵，更弥补着我内心那份深深的歉意。除了这些，文中还有一些细腻的描写，如："我趴在昏迷的岳母耳边，告诉她我要去开个会，让她等着我"，"岳母见到小女儿……然后安详地走了"，这些句子都流露出了作者真挚的情感。

    本文的语言虽无大的波澜起伏，但随处流露的真情却也能激起涟漪，使得文章微微荡漾，摇曳身姿！

    这是一篇文化色彩浓重的散文。文章通过对祭祖场景的描写和与亲人在一起时的生活回忆，表达了作者对祭祖文化的尊重和思考，以及对亲人的无限怀念之情。

    文章以祭祖为线索。记录了作者关于祭祖的一些记忆，也写出了祭祖对于人们的一些重要意义。其中："小年的祭祖就是对家族发展状况的一次集中检阅"，这时的祭祖显得隆重而盛大，宏伟的场面，浩荡的队伍，繁多的衣饰，无一不在宣扬着他们家族的繁盛。而对于"在新人拜过天地之后，要先拜家谱和祖先牌位"这一习俗，也是很有讲究的，意在告诉人们，他们家将后继有人，香火不断；当然除过新年和迎娶这喜庆的时节，祭祖还有另外几个固定的时间，清明节、中元节、中秋节，规模虽不可和前两次相比，却也要"在祖先的牌位前祭拜"或"上坟"，这一习俗由来已久，既是对先灵的祭奠、告慰，更是祭奠者寻求心灵抚慰的一条途径，也表达着对故人的无限思念之情。随后的文章作者顺着自己的思绪写来，孩童时无忧的心情、亲人逝去时的惋惜与沉痛，以及往昔的种种经历，结尾处更是写出了作者的一点思考："祭祖上坟的真正的内涵是否还有其他的"，由此文章跳出了个人情感的圈子，上升到了对中国传统文化的思考。

文章既有思人的亲切感也有传统文化的厚重感，读来让人欲罢不能。

（焦元芳）

> 焦元芳，女，中学语文教师，阳泉市城区教研室副主任，先后获得市、区教学能手、先进工作者、模范班主任、三优名师、劳动模范等荣誉称号。多篇论文、案例获国家级、省级、市级多种奖项，在《语文教学通讯》《中学生》《教育学》《课堂内外》等杂志上发表多篇作品。

故 乡

一

走了半生的路，却始终没能走出故乡的土地。

故乡是什么？故乡是黄昏的老屋，风雨飘摇而温馨永存；故乡是门前的老槐，枝叶飘零却生命旺盛；故乡是潺潺的小河，默默无语但川流不息；故乡是散发着青草香味的泥土，变迁不经可气息氤氲。同样的意思，我在另外一篇散文中做过同样的表述，只是，那时说的是祖籍。

祖籍而故乡，故乡而祖籍，无非就是那片曾经生活过的土地。

做梦时，永远是在故乡。梦中的自己，没有年龄，也没有身体，只是一个概念，一个和谁一起做事、说话，或愉悦，或惊恐，或紧张，或舒心的存在。梦中的故乡永远是几十年前的老样子：石头铺就的街道、石头砌垒的院墙、石头碾子、石头磨盘、石头窑洞。河里滚动着卵石，地边堆放着碎石……这是石头的世界，石头的天地。

坚硬是故乡的精神、故乡的特质，但松软温馨的泥土，却是她的本质，一如母亲的怀抱。

一脚踏上她松软而温馨的土地，就有一种踏实的感觉从脚下升腾。

终于回来了！

但这里的一切已不同于梦中，一切都变了样。

沿着石砌的小街，行走在湿漉漉的雨中，没有雨伞遮护，一任细雨打湿你的脸、你的头、你的肩、你的上衣、你的脚。小街很短，走不了多久便到了头。伫立在雨中，想寻找童年的影子，可眼前的景色，与心中的记忆，使你产生疑问，这是我走了半世的故乡吗？

一张红扑扑的脸从谁家门后闪出，粉红的衣衫、漂亮的蝴蝶结，张望着雨中的人影。回头去，却是一扇紧闭的大门，门上斑驳的对联依稀是数十年前的遗痕。小姑娘去了哪里？她是我曾经心仪的美人吗？她好吗？她嫁到了哪里？嫁给了谁？那人待他好吗？

我永远不会知道，因为我不会去破坏这已经平静的心绪，不会毁坏这心中雕塑的神圣，也不会改变这已经宁静的平衡。

我知道，时间的脚步碾碎了许多人的许多甜梦，我的梦无非是这无数梦中支离破碎的一个而已，别无其他深意。梦的种子，会在现实的时空中开出无名的小花，一如这惆怅中立在深秋的野花，顶着风雨，鲜艳而寂寥地盛开。

牛羊的叫声早已远去，没有鸡鸣，也没有狗吠，放牛人的鞭声呢？谁在喊孩子回家吃饭吧，那么急迫，那么生硬，谁呢？母亲吗？细听却没有声音，只有雨声越来越急，越来越大。

故乡确实老了，一如还生活在她怀抱中的刘医生。

刘医生是我这次回乡碰到的唯一的人。他是这里生命的象征。

故乡就是这样一个地方：是每一位游子心中的牵挂、心中的圣地、心中的殿堂。故乡是心中温习一遍又一遍的功课，读她千遍万遍都不觉厌烦，见她千次万次都看不够，抚摸她千回万回都亲切如初。

这就是故乡。

二

躺在村庄对面的山坡上，嗅着雨后泥土中散发出的清香，这是城里多少年未曾感受过的气息，温馨而亲切，舒爽而欣悦。故乡的气息，只有与她生活过的人才能辨别出来。草欣欣然，庄稼欣欣然，树木欣欣然，飞过头顶的鸟们欣欣然，一切皆欣欣然，这与自己的心情有关。当我们高兴的时候，甚至连狂吠的野狗的叫声，听来都是悦耳的欢呼。我们常常被自己的心情左右着而不自知，以为是外面的境界左右着我们的心情，其实恰恰相反。

快乐是我回到了故乡，快乐是我可以再次亲近这里的土地，快乐是我知道我的故乡还是过去的故乡——虽然她显得苍老而陌生。

多少年来，我们与脚下的土地在走远。我们好久没有这样呼吸过青草的气息、牛粪的气息、庄稼的气息、泥土的气息了。

土地已经忘记了我们，忘记了她远方的儿子，她叫不上你的名字，她记不起你的模样，她不认识你的气息。

今天，对，就是今天，你回来了，土地在你身上烙印的记忆重新接上了密码，她说：是的，是的，你就是这片土地的儿子，你从这里出生，你或许将来还要回到这里，无论你是一具死尸还是一把骨灰。你有了一种异样的情愫，有了一种叶落归根的感觉，有了一种脚踏实地的沉静和安详。你感动，感动得热泪盈眶，泪眼婆娑。

故乡的气息就是这样。

青草的味道，是那种很好闻的味道，除了在山坡上，也在饲养棚里。那里成抱成抱的青草，切碎了，喂给那些出力的马呀、牛呀、驴呀，它们熟悉这味道，它们是这味道的鉴别者，它们打着响鼻说：对了，就是这样。

那时我就在草棚旁边，就在看大人铡草，就在那里嗅到了青草的香气。

　　还有桃子，桃子的气息也很好闻。可惜的是我们村里的桃树太少了，只有村东头四奶奶家的桃树可以亲近。但那是没有挂果的时候，挂了果，她家人就看得特别紧了，一般是难以靠近的。在夏天的中午，我们会偷偷从地根溜进去，那时的桃子味就会扑鼻而来。那是真正的桃子味。我们有被逮着时，也有得手时，或者从地上捡拾掉下的烂桃吃。

　　我躺在对面的山坡上，夕阳已经沉西，金黄的阳光笼罩着小山村，那个镶嵌在山坳里的小山村。金黄的阳光中，过去升起炊烟的地方，已经显得毫无生气，走向衰老的故乡，早已没有几户人家，但夕阳中的气息还在，那是晚饭的香味。

　　母亲倚在门框上，眺望着乡道上的人群，寻找那个只有一米来高的小人儿，背着一个大大的书包，那是父亲当工人时的工具包。父亲曾经在铁路上当过电工，那书包上还有铁路的徽记。那小人儿同一群比他高出半头的学生，踢踢踏踏走进落日的余晖里。他并不知道有人在驻望着自己。

　　饭的香气是一种错觉，没有谁家在这个时候吃饭。故乡的晚饭要到天黑下来，快看不清人影的时候，才端了碗，走出家门，聚集在前街的老槐树下，开始享受一天里最悠闲的时光。

三

　　老槐树见证了这里的一切，年长者的离世、幼小者的成长、游子的回归、打工者的远走他乡。在这株老槐面前，一切都是秘密，一切又都不是秘密。

故乡的秘密在村民的记忆里，在老爷爷代代相传的故事里，在老奶奶一遍又一遍的童谣里，在小伙子相互调侃的玩笑里，在大姑娘回眸一笑的眼神里。

　　然而，故乡真的有秘密吗？我开始怀疑，后来是肯定，再后来，我也有些迷茫了。有些东西，或许就是秘密，或许只有这块土地的人才明白，或许走出这道山沟，别人就不知道你在讲什么，做什么，想怎样了。

　　村街的夜是清凉的，微风轻拂将夜的味道送过来，那是怎样的气息呢？舒爽而新鲜。乘凉的人们端着海碗走出家门，那多是成年的男人，还有我们这些不更世事的小人儿，我们在默默地吃饭，默默地倾听，或在街上东边西边疯跑，反正，夜是我们的，是属于这个宁静安详的小山村的。

　　这是生长故事的土地，这些故事就是这里的秘密。

　　故事的起因有好多种原因，反正，一个话题被提起了，便引出了别人的故事。比如，刘秀"走国"吧——刘秀与这个小小的山村有何关系呢？似乎八竿子打不着吧？有人会告诉你，其实，刘秀来过这里。话说当年，刘秀下凡，从天上来到人间，与二十八宿约定好，要到人间拯救衰败的西汉政权，到了人间，约好保驾的大臣却分布在各地，刘秀要靠两只脚走路，寻找回这些失散的大臣，以便起事夺取政权呀。这样就走到了我们这里。

　　别人会问，何以证明呢？

　　那人会慢慢悠悠回答，隔山那边的川干，其实不叫川干，而叫酸泔。当年刘秀走到那里，时近中午，又渴又干，走进一户人家，说：老人家，给口水喝。老人犹豫了半天，说，先生，我们这里缺水，想喝水却是没有，有沤酸菜的菜汤，客人将就喝两口吧。刘秀接了老人的酸菜汤一喝，差点把牙酸掉。抹抹嘴，叹口气说：唉，好穷的酸汁呀！于是，川干就这样叫出来了。

有人不服气：你见来？

那人依然不紧不慢：只有古来话，谁见过古来人。

话题从此转到是否有古来人的问题上。

有人说——说话的是位老者：早年间，张家庄有个谁？"谁"是我说的，老人当时说的是张某某——有一年冬天往川干送炭。路过一家门口，他告一块儿赶脚的同道说，上一世，他就生活在这家人家，死后，投胎转生到了张家庄。说完这话时间不大，他就肚疼得走不了路啦，他赶紧拜菩萨，忏悔自己的罪过，过了一阵才好。从此，他再不敢乱说。到底他是胡说，还是真有转生这回事，谁知道呢！

可不真有啊！另一个说：也是张家庄人，从小没念过一天学，也没离开村子出外跑过买卖，也没人教过他，居然能讲整本的《三国演义》《水浒传》。

在这样的文学启蒙环境下，想不着迷文学也难。文学的根就是在这样的夜幕中开始发芽，最后逐步生长起来的。如果说今天自己能够写一点让人还稍微感点兴趣的文字，是这片神秘的土地遗传的基因。

故乡迷人的夏夜，就在故事里进入梦乡。其实故事不独生长在夏夜，冬夜微弱的油灯下，同样适宜故事的生长。漫长的冬夜，四周一片静寂，连狗的叫声都听不到，雪落在房上、草垛上、门洞里、井台上，窸窸窣窣，透过玻璃窗冻结的冰花，一亮一亮的雪片斜斜飘下来，美丽如童话。一家人围坐在热炕上，油灯的灯花一爆一爆跳跃着，欢快而温馨。不是为了说话，不是为了叨咕，手里剥着玉米粒，为给不善熬夜的小辈们一点精神，长辈便开始说故事。那依然是生长在这片土地的故事，比如藏山大王的故事，比如仇犹国君的故事。都是与脚下的大地有关的生存密码。

真的，故乡真的有好多故事，北面有翠屏山，又叫陆师嶂的，那里有六位得道高僧从山中的六师洞中消逝了，至今不知所踪；东面川干的故事就不说了；西面张家庄也充满了故事；南面的禁山里，也有说不完的故事。只是，只是，这个小小的山村，却如谜一样，哪年立村，谁人所建，其来多久，没有谁能为我讲清楚。

我徘徊在短短的村街上，望天空飞落的流星，童年的记忆就这样复活起来，似乎满街都是喧嚣，满街都是热闹，满街都是生气。今日的夜空旷而寂寥，安静而荒凉。月的清辉一如四十年前，透亮而清澈，皎洁而温馨，但物是人非的村街上，哪里有我的童年？！

四

别了，故乡！别了，我的小村庄！

匆匆的我回来，正如我匆匆地离开。匆匆的一瞥，便定格为永恒的存在。

走在人生的道路上，没有回程，只有向前。前路的终点，也许就是永久的驿馆。故乡，我梦牵魂绕的故乡，你是我的驿站吗？

我没有结论，在没有结论的秋天，我已经踏上了归程，回到居住已久的城市。

在城市，倚门伫望的母亲，目光能穿透这鳞次栉比的水泥建筑吗？欢欣雀跃的鸟们能找到栖息温馨的家园吗？城市的气息中还有好闻的青草清香吗？单元门后还有那双迷人的眼睛吗？对门的邻居还有许多动人的故事吗？那些能够屈指点数的人物与自己还有什么关系吗？

哦，几十年的居住，几十年的生活，眼前熟悉的一切竟然如此陌生。

作家史铁生说过：皈依在路上。我们躁动的心，只有在故乡的土地上才能找到安宁，否则永远在路上。其实，把心安放在故乡的土地，何尝不是另一种皈依，但其实，也还在路上——因为，故乡也在前行。所以，故乡便成为一种记忆、一种憧憬、一种奢望、一种心结。

走不出故乡，一如走不出自己的心结，无论我们走千里万里，无论我们走十年八年，故乡永远驻足在我们心里。

走不出故乡，或许是走不出自己心的皈依。

赏析

《故乡》一文叙事条理，写作颇有特色。

白描的手法写故乡。展现在读者面前的故乡是黄昏的老屋、门前的老槐、潺湲的小河、散发着青草香味的泥土。还有，草木的气息、牛粪的气息、庄稼的气息、水果的气息、生活的气息。这些白描，素妆淡抹，自有色彩。

细节的手法写故乡。故乡是游子心中的牵挂、圣地、殿堂。故乡是心中温习一遍又一遍的功课，读它千遍万遍都不觉厌烦，见它千次万次都看不够，抚摸它千回万回都亲切如初。故乡在村民的记忆里，在老爷爷代代相传的故事里，在老奶奶一遍又一遍的童谣里，在小伙子相互调侃的玩笑里，在大姑娘回眸一笑的眼神里。迷人的夏夜，冬夜的油灯，都为故乡添彩。这一笔笔，一画画，镌刻出故乡的风采。

故乡永远驻足在游子心里。归根结底，在作者看来，故乡就是一种记忆、一种憧憬、一种奢望、一种心结。

（李玉玲）

李玉玲，笔名雨林，女，中学语文高级教师，全国优秀教师，从教54年。山西省作家协会会员，阳泉市作家协会会员，2018年出版散文集《嘉河》，深受读者欢迎。多年来多篇散文和诗歌发表于《太原晚报》《阳泉日报》《阳泉晚报》《娘子关》《冠山》《藏山》等杂志。2016年，《魂牵梦绕冠山人》一文，2017年，《安玉珍》一文，分别获阳泉市《娘子关》杂志年度优秀作品奖。曾任阳泉市政协第九、十届委员，阳泉市城区政协第二、三、四、五届委员。阳泉六中退休，现在阳泉市育英学校任教。

我们的 1963

在中国历史的长河中，1963年不是一个特别的年份，要说它没有与特别重大的事件或特别重要的人物发生特别的联系也不全对。那一年元旦，一代文豪郭沫若就曾写下了《满江红·1963年元旦抒怀》"沧海横流，方显出英雄本色"的诗句，毛泽东读后，和诗一首。有"一万年太久，只争朝夕""四海翻腾云水怒，五洲震荡风雷激"的名句。那一年，继3月5日毛泽东题写了"向雷锋同志学习"之后，又为"南京路上好八连"写了《八连颂》的杂言诗。尽管如此，这一年仍不像1949、1960、1976等年份那样，让人记忆犹新，讲起来总有一串一串的故事。1963年是一个普普通通的年份，普通到人们有时会把它忽略掉，用一句"60年代初期云云"取而代之。但它毕竟是那个时代链条上的一环，然而只能是"一环"。

这一年中国刚刚度过了困难时期，国民经济开始恢复，"文化大革命"还没有发生，社会风气出奇好。全国人民正在响应伟大领袖的号召，向一个叫雷锋的人学习，雷锋的名字也因为领袖的著名题词而蜚声海内外。直到今天，仍然时时被人提起，比如雪村就曾写过《东北人都是活雷锋》的流行歌曲。总之，这一年老百姓已经比过去更容易填饱肚子，青年男女因此而有了多余的精力，而使人口的比例开始上升。这一年如果有什么值得记忆的话，那就是像我一样地出生了一批人。1963是我们的。

40年后，在一个内陆省份山西的一个以煤炭著名的山城阳泉市，在一家名为1963的饭店里，在四月的春风中，一个有雨的夜晚，一伙1963年出生的人聚在了一起。这是一个值得纪念的夜晚，因为在这个夜晚的饭桌上，1963成为一个使用频率极高的词汇，因为这个词汇，拉近了一些过去未曾谋面的人的距离。

饭店的老板，一个名叫张孝义的平头后生，以他独特的方式，将"1963"几个数字刻上了山城的墙壁，让所有走过它门前的人为之驻足。

当我在两年前见到这家饭店的时候，我着实吃了一惊，门前扛枪的西部牛仔雕像，让我想到了美国，我想，开放的春风竟迅猛到把美国连锁店开到了山西，开到了一个不起眼的山城阳泉，这个变化真是太大了。但我不知道，这是一家地道的中国餐馆，与美国西部概无牵涉。两年后的这个夜晚，我才知道，就因为老板出生于1963年。老板说，我们要为1963添彩。

虽然，1963到目前没有产生出什么让人过目不忘的伟人，但有张孝义这样的企业家，也有政法部门的法官，还有教育战线的园丁，还有……当然还有如我者——不敢称自己为作家的所谓文人。这一年的最大贡献，我想，那就是生产了我们这样一批"人物"。

我们回忆我们的童年，那已经遥远了的童年啊。我们为生存而笑话百出，为幸福而绞尽脑汁，我们曾被人不屑地回以白眼，无意地伤害，或刻意地塑造。

餐桌上不知谁说，某同学家经济条件好些，常常能吃到炒鸡蛋，可恶的是，你吃就吃吧，上学的时候，把炒鸡蛋的渣子故意地留在嘴角上，让同桌的我眼馋到想伸手轻轻拈下来放入自己的口中。

记忆就这样被复制，就这样返回到了童年。故事就与"吃"字紧紧地联系在一起，让我们重新回味起那时对食物的向往。那种向往绝不亚于现在的孩子对"变形金刚"、对电脑游戏、对儿童卡通读物的向往，甚至比他们更强烈。因为那时的向往直接同生存相联系。这是现在——我们的下一代所无法体验的一种感受。那是一种和着泪，甚至带着血的人生体验，它让我们过早地体会了生活的艰辛和人生的艰难，它使我们过早地认识了社会，也认识了人生。上帝说，人生就是苦难！我不知道，也许上帝也曾受过这样的折磨吧，要不，他怎么能够说出这样深刻的语言呢？

谁又说，那时，一根冰棒三分钱，另一个纠正说是二分钱，讨论的结果是也有三分的，也有二分的。买到手——那是很长时间才能遇到的美事，含在嘴里，慢慢地抿着，甚至不敢咬一小口。

谁又说，我把我妈新买的书包卖掉，每天到人民饭店换片汤喝，三毛五一碗，着实喝了些日子。终于还是被我妈发现了。因为每天我夹着书上学，能不被发现吗？

我什么也没说，因为我来自农村，没有城里孩子那些当时看来是相当奢侈的享受，我的童年没有冰糕、没有片汤、没有每天一顿的炒鸡蛋。我的童年有粗涩的糠面窝头，有每天早晨一担从几里之外挑回的水，有永远推不完的石磨……我的童年没有高级铅笔、没有印刷的练习本、没有买来的花衣裳……有的是山上采来的石笔，自家用粉莲纸订制的笔记本，妈妈熬油改做的"新"衣裳……

我们中间，有人因为写错了字被打成小"反革命"的"坏人"，也有反对"师道尊严""造反有理"的"红小兵"，我们的童年一直与阶级斗争相伴。我们正统，但我们没有偏见；我们努力，但没有底蕴。我们是时代的弃儿，因为我们，时代将发生断裂。

不是吗，当干部"四化"的时候，我们刚刚参加工作；当干部年轻化的时候，我们因为超过了三十五岁，而且第一学历并非本科而站在了领导层的门口。我们等到能分上房的年龄，实行了房改；我们等到想大干一场的时候，却赶上了下岗；我们等到能提拔重用的时候，却发现文凭太低年龄已大。我们就这样被夹在了上个世纪和这个世纪的中间，依然在为生存而奔波。老人需要我们赡养，儿女需要我们抚养，然而，我们却下岗了。我们在摊上躲避着随时可能出现的执法人员，为多挣三毛，少挣五毛和人争得面红耳赤。我们无奈，我们不这样，我们就难以养家糊口。

我们中，确实有佼佼者，但不多，有高官，有富翁，有教授，有学者，但那是站在金字塔顶的人们。作为基座，我们是农民，我们是工人，我们是个体户，是名不见经传的大多数。

1963，这个名字因为一家饭店的存在，让我想到了许多许多，我不知道我该爱你还是该恨你——但我知道，你是我们的。

啊，我们的1963哟！

赏 析

作者采用全景和特写把那个遥远的年代——"我们的1963"清晰地拉到了读者的面前。

所谓全景图，就是作者把时代背景清晰地表现出来。

那个年代的特色之一，政治色彩浓重。例如一代文豪发表诗作、伟人毛泽东的诗和词、学习雷锋的运动……

那个年代特色之二，人们生活贫穷。在向读者再现这个情景时，作者使用的是特写镜头：

"看着同桌留在嘴边的炒鸡蛋渣，真想捏过来吃在嘴里""一根三分钱的冰棒含在嘴里，慢慢地抿着，甚至不敢咬一小口""新买的书包卖掉，只为能到饭店喝几次三毛五一碗的片汤"……没有经历过的，哪有这种真实的感觉，没有细腻的笔触，哪有这样的细节描写？

"全景"和"特写"手法的娴熟运用，就能领着读者走进那个特殊时代，了解那时的特殊人物。

　　除此以外，作者还成功地使用了对比手法，例如1963年与1949年、1960年、1976年等进行了对比；把1963年的穷少年与以后的富少年做对比，更突出了那个有亮点的时代背景，更彰显了那个年代孩子们的个性。

　　那个年代的孩子们，虽然只有吃着糠面窝窝，喝着几公里外挑来的水，用着山上采来的石笔，穿着妈妈油灯下做的新衣，但他们是新中国从站起来到富起来的见证者，他们有资格有责任向后一代讲好"中国的故事"。

　　作者就是使用两种镜头，一种对比的手法给我们讲新中国成立不久亲身经历的一段故事。

　　在听故事的过程中，又能把写作手法领悟明白，那么品读经典，收获一定颇丰。

（董美玲）

沤酸菜

"瓜菜半年粮"是那个时代的真实写照。"菜"就包括酸菜。酸菜的原料是茴子白的外部菜叶（也有黑豆叶做的，我们家乡却不用），这些叶子不能冬贮，就剥下来，以备沤菜之用。

在我的记忆中，沤酸菜一直是每年秋天家中的一件大事。沤酸菜的日子，一般选在风和日暖的晚秋时节。这时，地里的庄稼已基本收回，秋菜也已经登场，南瓜、土豆、茴子白等堆在院里、屋里的地上。走进谁家，都洋溢着一种丰收的喜悦。

沤酸菜就见证了这份喜悦。每当沤菜的日子，我们兄弟几个便被大人从炕上早早撵起来，吃罢早饭，父母便分派我们工作。一般也就是帮着搬运搬运菜叶，或者是扫菜叶。院里已摆好了两三个直径约1.5米的大盘篮，几个人坐在篮边，将剥下的菜叶堆在脚边，每人一把小笤帚，开始一叶一叶地扫。叶上的脏物都落到地上，菜变得干净起来。扫干净的菜叶整整齐齐码在篮内，准备切丝。一般扫叶子的人多至三四个。邻里闻讯多过来帮忙。根据帮忙人数的多寡，还可以看出主家的人缘儿。我家沤菜的时候，本家大娘、婶婶都要拎了菜刀来帮忙。她们盘腿坐在草垫上，把扫净码好的菜叶放在案板上细细切丝。从丝的粗细，又能看出一个人的厨房刀工手艺。

我们这些小人儿，一会儿被呼来搬一码菜叶，一会儿被唤去取把笤帚。大人们说说笑笑，甚至开一些孩子们听不懂的玩笑。每当这时，院子里笑声朗朗。我们仿佛过节一般，推来搡去，好不快活。

菜叶切得小山似的时候，院里大铁锅里的水也已煮沸。锅旁是两三口大水缸。大人们把切好的菜丝放入锅，待煮沸后捞出，盛入其中一水缸中漂洗，滤干后再洗，这样洗两三次最后放入做菜的缸中。缸的个头比我们要高，洗净滤干的菜丝均匀地铺入缸中，再用大擀面杖捣实，直到全部菜丝入缸，上面压一块石头，沤菜的工作就接近尾声了。

母亲这时已将清米汤熬好，满满一大锅。将米汤浇入压了石头的菜缸里，然后加盖，沤菜的工作就结束了。剩下来的工作，就是过一段日子，用筷子在缸内搅一搅，直到菜发酸。这一缸或两缸的酸菜，就是全家一冬的菜肴。

后来上学后看《诗经》中有许多采野菜的诗，如《芣苢》等，说的是车前草。只是不知古人沤酸菜不沤。朱伟的《考吃》上，也没有专章。而我们家乡的野菜有一种叫甜苣的，却是夏天沤酸菜的主要原料。现在，我们向孩子们谈论沤酸菜的事，他们都以为是"天方夜谭"，但我说的经常是陶醉其间。唉！将来，也许"沤酸菜"会成为历史，而那人、那事、那景，我每逢谈起就历历在目。

参加工作后至今，我一直在城里上班，发现妻子家的酸菜与此做法不同，一是用料是芥菜叶加芥菜丝，二是不经过煮的工序，直接入缸。直到现在，每年冬天总要做一点尝新鲜。

如今，酸菜现在已成了城里人的新鲜菜肴。过去上不了席面的酸菜，居然成了食客趋之若鹜的佳品，真是今非昔比了。一些具有商品意识的人，甚至做成了酸菜罐头，据说销路还挺好，这让感觉欣慰。

赏析

一提起沤酸菜,生长在20世纪60年代之前的人们,特别是生长在农村的人就会津津乐道。作者就选取了这个具有山西浓郁乡土文化的事件——沤酸菜,说明制作步骤,叙述沤制经过,抒发秋收喜悦……娓娓道来,如同小溪潺潺流动,那份温馨和美滋润了人的心田。

在作者心中的"沤酸菜"成了他每年秋天一件提到议事日程的重要事情。沤的是菜,更传承的是当地舌尖上的文化,那贫寒的年代,我们的前辈勤俭节约,用简单的茴子白叶因地制宜做出美味可口的酸菜,也成就了本地"酸菜抿圪斗"这粗粮细做的舌尖美味。这份独特的体验,这份祖祖辈辈留下来的宝贵财富是否能传承,作者道出一种复杂的情感:我们虽"陶醉其中",可今天却变成了"天方夜谭"。

那沤制的酸菜究竟是怎样的境遇?大家知道世界面食看中国,中国面食看山西。而酸菜与面食不离不弃的关系,让读者感受到作者的写作意图:希望抢救这份舌尖上的地方美食,让这份"美味佳肴"成为家乡一道靓丽风景线。文章结尾笔锋一转,商家的挖掘,也许会出现对家乡酸菜的创新,欣慰感动溢于言表。

(李银花)

一件往事

穿过世间纷繁的岁月,童年的情形像袅袅的烟云笼着,从记忆的深处翻起来,发现那时纯洁如水晶一般的童心,依然那样值得珍贵。我想说的是一个顽皮孩子的一件错误,那孩子就是我。

那是一个夏天的中午,天气如何热我说不出,不过连蝉都懒得再"知了"什么。摸摸石头,热得烫手。我那时没有注意邻居家那只大黄狗,也许它早已躲在树荫下,伸长舌头,进行难耐的喘息了吧。我家的猪却见了,那肥头大耳的家伙,躺在圈里南墙根下,滚着一身污水,好凉爽哟。我记得,大中午街上没有一个人影,村民们经过一上午的劳乏,已沉沉进入梦想,香甜地打起了呼噜。而我,是小学生中的值日"官",负责查午睡和用哨声呼唤同学起床上学的,可以不午睡。自己身负如此重任却没当回事,竟约了几个大孩子去凫水,其胆大妄为到了这样的程度,真是活该倒霉。

一说凫水,我就来精神,挂起"哨令",几个人浩浩荡荡就出发了。二里之外,有一处水塘,那是我们这些男孩子的"天堂"。但老师有令,一般不让我们去玩,主要怕出事。我们哪管那些,只要高兴,就由着性子来。

那天,天蓝得让人发窘,没有云,难得有一丝风过。鸟不见了,山青得滴翠。塘里的水清冽冽的,似乎在招手:下来呀,小家伙们。

脱光了衣服,光得一丝不挂,在路口放个看守,大家便一同跳了下去,跳碎了水和水里的天。被水一激灵,沁心地舒坦,似乎化入了天际，溶进了云霞里。你去享受一下，会是怎样的感触，反正我是美得说不出来。玩够了，上岸来，说是岸，其实都是大青石板，平乎乎躺倒，折一两朵山花嗅嗅，望如翠的山峰高低远近地变幻，那惬意真是神仙也难比啊。

享受够了，紧接着是麻烦——这事不知怎么就被老师发现了。第二天中午，老师待排起队，就开始训话。前面语气还比较平和，越讲越生气，居然发了怒。我吓得大气都不敢出，老师讲了些什么，一句也听不见了。"站出来！"老师吼道。我和那天去游水的大孩子被老师拎出了队伍。我们低着头，不敢看同学，更不敢看老师。老师强制我们中午吃完饭到教室午睡。天哟，这不是要人命吗？那中午，我无论如何睡不着，满堂的桌椅，像成群的小伙伴在窃笑。屋顶粗粗细细的椽子，又像教鞭在头顶点数。如此惩罚，比打我两巴掌还难受。

但有了这次教训，我乖多了，再没敢擅离职守，去玩什么凫水、打鸟的勾当。

这事一晃已经三十多年了，但在我的记忆中从来都是那样清晰。我怀念我的老师，那年老师已年逾花甲了吧，他叫张建业，在我们那个300来口人的小村庄已教了近五年的学。他待人诚恳，教书认真，尽管文化程度不高，但凭着顽强的毅力，硬是达到了相当的水平。——在这件事上，尽管他压抑了我们某些纯真的天性，但为我们安全着想的育人情怀，却让我们深为感动。

赏 析

《中学语文教学大纲》对于学生的写作有具体要求，现在我们就以作者的《一件往事》为例，看看写好一篇文章，在结构上怎么安排，在描写上怎么下手。

作者所写的这篇文章，记叙的是自己童年的一件难忘的趣事——夏天，趁老师不备到村外的河里去游泳。作者运用高超的写作手法，把这件有趣的童年往事清晰地、生动地展示出来，靠什么手法呢？

　　一、倒叙的手法。

　　"一件往事穿过世间纷繁的岁月，童年的情形像袅袅的烟云笼着，从记忆的深处翻起来，发现那时纯洁如水晶一般的童心，依然那样值得珍贵。"倒叙的手法，能让情节跌宕起伏，设置悬念吸引读者。

　　二、在描写手法上，围绕中心，多法套用。

　　写景手法的独到。"那是一个夏天的中午，天气如何热我说不出，不过连蝉都懒得再'知了'什么。摸摸石头，热得烫手。"白描手法，侧面烘托，拟人手法，多法套用。这样就把一个炎热的天气呈现在读者的面前，也为下面的事件埋下了伏笔。

　　刻画人物的多种手法。例如，外貌描写、心理描写、动作描写在文中显而易见。这样就把一群农家少年天真活泼、无畏无惧、朴实无华的特性跃然纸上。品读其文，再想想鲁迅笔下的"双喜、阿发"领着迅哥偷吃六一公公家豆的情节；想想刘绍棠《蒲柳人家》中的"何满子"最喜欢光着屁股浸入河汊，捞虾米、掏螃蟹的情节……

　　读到这里，你会发现名人笔下的文字，都源于生活，又高于生活。

（董美玲）

心中的雪

第一辑

行走

是啊,春在哪里呢?
我也问自己。
是在柳梢上吗?
那一抹的新绿不是春的消息嘛;
是在草丛里吗?
那浅浅的嫩芽不是春的萌动嘛;
是在屋檐下吗?
那双飞的燕子不是春的翼动嘛。
是,也不是!我发现,
真正的春天,
其实在垴上人期盼的眼神里,
在乡亲们殷殷的话语里,
在村民们勤劳的双手里。

访延安

离开延安已经有些日子了，在这些天里，有一种写作的冲动不时撞击着胸怀。延安是中国革命的圣地，是新中国诞生的摇篮，是创造时代精神的沃土。延安，也是我久已神往的地方。

在过去读过的关于延安的文学作品里，最让我难忘的有两篇，一篇是贺敬之的诗歌《回延安》，一篇是吴伯箫的散文《歌声》。"心口呀莫要这么厉害的跳，灰尘呀莫把我眼睛挡住了……手抓黄土我不放，紧紧儿贴在心窝上。……几回回梦里回延安，双手搂定宝塔山。千声万声呼唤你——母亲延安就在这里！"1956年，贺敬之回到阔别十年的延安，他抑制不住自己激动的心情，抚今追昔，感慨万千。曾经生活多年的革命摇篮，魂牵梦绕的第二故乡，如今发生了翻天覆地的巨变。他心潮澎湃，诗情飞扬，按捺不住喷涌而出的感情，发自心底的诗句脱口而出。而《歌声》是吴伯箫同志在1961年到1962年间写的一组反映抗战时期延安生活的散文中的一篇。那个时期，他陆续写了《记一辆纺车》《菜园小记》《窑洞风景》《歌声》等，前三篇侧重从物质生活方面写延安，《歌声》是从精神生活方面写延安的。至今有些令人心动的句子，依然还能背诵出来："感人的歌声留给人的记忆是长远的。无论哪一首激动人心的歌，最初在哪里听过，哪里的情景就会深深地留在记忆里。……我以无限恋念的心情，想起延安的歌声来了。"

延安就这样烙印在了我的记忆里，让我梦魂萦绕，心驰神往。今年，终于有了亲近这片革命热土的机遇，那是在纪念毛泽东同志《在延安文艺座谈会上的讲话》发表67周年的前夕，我与阳泉市文艺家40余人，踏上了访问延安的旅途。

延安是块历史悠久的土地，轩辕黄帝的陵寝就安卧在延安境内的桥山之巅。约在公元前13世纪，延安属鬼方之域。商帝武丁曾发动大规模讨伐鬼方的战争。《周易·既济》载："高宗伐鬼方，三年克之。"这是迄今所知延安有文字可考的最早记载。春秋时，延安是白狄部族所居住的地方，白狄是一个游牧兼狩猎的少数部族。晋公子重耳曾流亡白狄12年，即居住在延安一带。这样说来，延安与我的家乡盂县——古仇犹国同属"少数民族"白狄，那就是同胞了。

在漫长的时间长河里，延安以其"边陲之郡""五路襟喉"的特殊战略地位，上演过无数血腥悲壮的活剧。吴起、蒙恬、范仲淹等许多名臣武将在此书写了或雄壮或威武，或昂扬或悲凉的故事。但是，只有到了20世纪上半叶，延安才成为令世人瞩目的地方。在延安的记忆里，从此与许多更加伟大的人物和更加重要的事件联系了起来。随着美国记者斯诺的长篇报告《红星照耀中国》的传播，就连世界的目光，也开始向这里聚焦。

那是1935年10月，中央红军长征来到这里，找到了创建陕北革命根据地的刘志丹、谢子长，从此，延安这块热土，就成了中国革命的摇篮。十三年的风雨历程，延安经历了抗日战争、解放战争，经历了整风运动、大生产运动、中共七大……可以说，一系列影响和改变中国历史进程的重大事件，是延安留给我们的珍贵遗产。而比这些遗产更宝贵的，是以毛泽东为代表的老一辈无产阶级革命家培育出的"自力更生、艰苦奋斗、实事求是、全心全意为人民服务"的延安精神，她是中华民族精神宝库中又一份重要的财富，更是我们今天进行社会主义现代化建设的重要精神支柱。

站在宝塔山上,眺望着这座已经看不出昔日满面尘垢的延安新城,我的耳边依然回响着那激动人心的《黄河大合唱》的歌声。那是从吴伯箫先生的作品中流溢出来的雄浑乐章。我仿佛置身于20世纪三四十年代的革命洪流之中,与我同行的那些年轻而充满朝气的脸,那些虽然疲惫但却挂着笑意的脸,那是从中国其他地方匆匆走来的青年,那是甩脱黑暗追求光明的青年,那是胸怀壮志奔赴国难的青年。他们是我的父兄,是我的姐妹,是我的亲朋好友。为了一个目标——中华民族的解放,中国人民的民主和自由,他们来了:来到了这片革命的净土上,来到了这座革命的熔炉里。我知道,在我的身体里,至今都有他们的热血在奔涌。

在这里,有一个人特别引人注目,他叫毛泽东。

那首从陕北老百姓心底流出来的信天游,道出了他的伟大——"东方红,太阳升,中国出了个毛泽东,他为人民谋幸福,他是人民大救星。"放羊老汉李有源先生当年望着早晨冉冉升起的红日,脱口吼出来的声音,在中华大地回响了几十年,直到今天,四十岁以上的人听到这样的歌曲,依然有一种亲切感。

在杨家岭的土窑洞前,我驻足沉思,为什么老百姓把他当着了救星?回顾一下中国近代的历史吧:从1840年鸦片战争算起,中华民族可以说是灾难沉重。不断地割地赔款,中国已经成了帝国主义的一块肥肉,生活在社会底层的劳动人民,妻离子散,家破人亡,卖儿鬻女,啼饥号寒。而腐败无能的清政府却熟视无睹,依然沉浸在花天酒地的贵族生活中。多少仁人志士,为了寻求救国救民的真理,抛头颅,洒热血,走上了人生的不归路。虽然,孙中山先生领导的辛亥革命推翻了帝制,但很快成果就被袁世凯攫取了,中国依然是军阀混战,战火纷飞,生灵涂炭,国无宁日。只有毛泽东领导的中国共产党才第一次真正把人民的疾苦放在了心上,才真正为老百姓去打天下,老百姓从他们的一言一行中，体会到了这一点，所以，他们没有谁要他们赞颂，没有谁要他们歌唱，而他们自发地唱出了自己的心声。

在中共七大会堂，我们的艺术家们召开了一次最短也最有意义的座谈会。几位老艺术家深情地表达了自己参观的感受。他们说，中国共产党为什么能取得抗日战争和夺取全国的胜利，道理很简单，他们依靠人民，与人民心连心。看看毛主席住过的土窑洞，看看那些简陋的陈设，我们就知道，共产党一定会胜利，因为那是人民的胜利；也有的说，联系现实，我们更加感到毛主席的伟大，更加感到保持与人民群众的血肉联系的重要。大家让我也说说，我真不知道从何说起，我只能说一句，老一辈打江山不容易，今天我们应倍加珍惜！

从大会堂出来，我们来到了召开延安文艺座谈会的地方，站在会议室中央，我和大家一样感慨万千。当年这里争吵的声音依然回响在耳边。在这些人中，我寻找着我的老乡——徒步从重庆来到延安的高长虹。然而遗憾，居然没有他的踪影。他是当年接到邀请唯一没有参加会议的人。

历史的记忆有时是非常模糊的，关于高长虹不到会的说法也有种种。但他不是人们歪曲的无政府主义者，不是什么堕落文人，有他的文章在，能够证明他的伟大。

参观完枣园，已经是下午五点多钟了，导游说，有一个地方不知你们想不想去？我们问是什么地方，他说是张思德塑像。我们说去！导游说，很少有人去的，我就免费带你们去看看。于是，我们来到了为人民服务广场。在张思德同志的塑像前，大家拍了好多照片，并且把山坡上的"为人民服务"几个大字也收进了相机的取景框。

离开延安，取道壶口瀑布返回山西。立在汹涌澎湃的黄河边，望着滚滚滔滔的黄河水，我仿佛看到了五千年中华民族源远流长的历史，看到了在这条历史长河中，生生不息的中华民族前赴后继，奋勇向前的足迹，看到了中华民族自立自强的伟大精神。"黄河之水天上来，奔流到海不复回。"尽管我们前进的征途中会遇到这样那样的艰难险阻，但任何力量也阻挡不了中华民族前进的步伐，因为，她就像这奔腾咆哮的黄河水一样，大海才是她的目标。

"风在吼，马在叫，黄河在咆哮，黄河在咆哮。河西山冈万丈高，河东河北高粱熟了。万山丛中，抗日英雄真不少！青纱帐里，游击健儿逞英豪！端起了土枪洋枪，挥动着大刀长矛，保卫家乡！保卫黄河！保卫华北！保卫全中国！"那首曾经激励过多少中华优秀儿女的动人旋律，再次在我胸中回响激荡起来！

赏 析

　　该文线索清晰，层次分明，结构完整。全文两条线索，一条是：访延安，在延安，忆延安，离延安；另一条就是作者的感情线索：忆过去，看今朝，高度赞颂延安精神。

　　过渡自然，联想丰富。心驰延安，自然联想到贺敬之的《回延安》、吴伯箫的《歌声》……作者用这些名作的诗句，表达自己的心声。忆过去，满面尘垢；看现在，焕然一新。延安历史悠久，令世人瞩目。

　　这是因为延安曾经过一系列的重大事件，成为中国革命的珍贵遗产。延安精神就是中华民族精神宝库的重要财富，更是今天社会主义现代化建设的重要精神支柱。

　　站在宝塔山上，《黄河大合唱》的雄浑乐章耳边回荡。那些父兄，姐妹，亲朋好友，他们在这个大熔炉里得到锤炼，成为中国革命的中流砥柱，我的身体里，至今奔涌着他们的热血。

　　毛泽东，只有他领导的中国共产党才把人民的疾苦放在心上，为老百姓打天下。

为人民服务始终是中国共产党的宗旨。

中华民族生生不息，前仆后继，奋勇向前……作者层层深入，满怀激情，高声赞颂。

文中排比句的运用，如连续三个"……青年"，气势磅礴，一气呵成；四字词的妙用：如"妻离子散……"，形象生动地揭示当年人民处于水深火热之中，让读者身临其境；歌颂中华民族时的"源远流长……"铿锵有力，充满信心；突显中国共产党的艰苦卓绝，智慧才能，英明伟大！同时也充分展示了作者深厚的文化底蕴。

延安，永远值得歌颂，崇敬。延安精神，就是中华民族的灵魂。

（石宝红）

访韶山

我是怀着崇敬的心情到韶山的。

韶山这个名字,我已经听了多少年,对她的认识和理解也经过了许多的反复和提升。机缘凑巧,那年山西省作家协会组织作家采风,我们到了韶山。

车在高速路上奔驰,我的心也开始飞起来了。湖南的导游是位土家族小伙子,旅途中,他向大家讲起了关于湖南近现代伟人的故事,特别是关于毛主席的故事。

猎奇是人的天性,导游显然抓住了这一点,于是,向我们讲起了发生在毛泽东同志身上的许多稀奇的事。在毛泽东主席身上,确有许多不解之谜。比如,他的警卫部队番号8341,就与人民解放军的所有战斗序列不联系。同样的数字之谜还有28、9月9日等等。

导游就这样为我们举了许多例子,让我们也感到困惑和迷茫。我们大家都静静听他一个人讲说,没有插话,也没有起哄,更没有反驳——实在说,不知怎样反驳,因为这是事实。我们只能说自己无知。如果谁想用什么科学进行解释,我以为他更无知。导游的话不知何时已经停止了,司机的影碟机里播放着歌颂毛主席、共产党,歌颂人民解放军的"红歌":"毛主席的书,我最爱读,千遍哟万遍哟下功夫,深刻的道理,我细心领会……"

到达韶山,已经快中午12点了,导游安排在"毛家饭店"就餐。"毛家饭店"现在称韶山毛家饭店发展有限公司。韶山的总店原来在毛泽东同志故居对面，是由1959年曾受到毛主席亲切接见的汤瑞仁女士于1987年创办的，现在在全国开设有两百余家特许加盟连锁店。许多来韶山的客人，都要慕名到毛家饭店就餐。我们快吃罢饭的时候，导游让我们看窗外，说汤老太太来了，大家就往外看。老人家精干、利索，虽年届古稀，却显得十分精神。工夫不大，老人来到店中，从每个座位前走过，向客人问好，还和邻近的客人握手，对大家来店里就餐表示感谢。到我们跟前，同我们每个人都一一握手，问吃好没有，可口不可口。她的话由于方音很浓，有的也听不大明白。

从饭店出来往东，过了马路，就到了上屋场，那里就是毛主席的故居。他家门外有两个水塘，那是他小时候游过泳的地方。过了池塘，就来到了他故居的屋门口。我们到的时候，正是中午，艳阳高照，光线很硬，又是刚吃过饭，我们每个人身上都是汗津津的。

导游介绍说，1893年12月26日，毛泽东同志就诞生在这栋房子的东头。东头十三间半瓦房，是主席家的，西头五间半土砖茅房是邻居的。1929年4月，国民党反动派曾没收了毛泽东同志在韶山的全部房屋和家产，这栋房子和里面的家具，又遭到了一次严重破坏。新中国成立后，人民政府进行过多次修葺，使之基本上保持了当年的原貌。1950年，故居作为革命纪念地供国内游客参观，两年后又正式对外宾开放。1961年3月，国务院公布为全国第一批重点文物保护单位。现在门额上"毛泽东同志故居"七个黑底镏金大字，是邓小平同志后来亲笔题写的。主席在世时，上面是印刷体的"毛泽东同志旧居"。

导游说，你们发现这个题字有什么特别吗？细心的人就说，上面没有落款。导游笑了，说，据说当年题字的时候，有人问小平同志为什么不落款，小平同志说，谁有资格落款？只有与毛主席一样伟大的人才敢落款哦！也许是玩笑，也许是小平谦虚。但在随后我们去炭子冲参观刘少奇同志故居时，见"刘少奇同志故居"也是小平同志的题字，上面却落着"邓小平"三个字。

　　从故居出来，大家纷纷摄影留念。我们还在水塘对面照了集体合影照，因为那里可以把故居的全景摄入到画面里。故居往东，可以走到毛主席他老人家父母的墓地，由于行程紧迫，我们没有去拜谒。往西，到铜像广场的时候，路过老人家小时候念书的私塾，也没进去参观。转过一个弯，就见到了广场。广场很开阔，它顺应韶山冲地势，形成了韶峰—太公山—铜像的远、中、近背景层次，将毛泽东故居、南岸私塾旧址、毛泽东纪念馆、毛泽东遗物馆、毛泽东图书馆、毛氏宗祠、韶山学校等重要景点有机地融合成了一体。据介绍，2008年1月，经中共中央批准，铜像广场进行过改扩建。当年7月份动工，到年底的12月25日完工。毛泽东铜像向东南位移了约90米，朝向为东偏北51.5度。铜像背靠韶峰，面向故居。广场改扩建后，把名字也由毛泽东铜像广场改成了"毛泽东广场"。

　　毛主席身着中山装，左胸前挂着"主席"证，手执文稿，目光炯炯，面带微笑，正视前方，巍然挺立，就像他在开国大典时一样。铜像于1993年毛泽东同志100周年诞辰的时候，由江泽民同志亲自揭幕。

　　在毛泽东图书馆，我们看了落成时的一段录像，证实了导游说的奇异之事真实不虚。导游说，铜像从南京往湖南运送路过井冈山时，汽车抛锚了，司机检查没有发现车况损坏问题，但就是发动不了车。司机对铜像行了个礼，说，毛主席呀，我们知道井冈山是您老人家战斗过的地方，您很有感情，可我们要回湖南韶山，您老人家在这里住上一宿，明天咱启程好不好？于是决定次日再赶路。第二日，司机上车一发动，结果车发动着了。

　　就在铜像落成的那几天，韶山附近方圆九公里的山上，杜鹃花都开了，火红的杜鹃像燃烧的烈火，迎接着伟人的回归。要知道，杜鹃花一般是在四五月才开放的呀！在《我爱韶山的红杜鹃》一文中，作者说杜鹃花像烈火、像朝霞、像鲜血，确实的，因为她代表着革命与幸福。现在韶山市已把杜鹃花确定为市花。揭幕当天，一开始天正下雨，中央电视台心连心艺术团演出前，天却放晴了。揭幕的时候，是上午10点多，这时天空同时出现了太阳和月亮。人们说，这象征着毛主席的丰功伟绩与日月同辉。在广场，我们山西作家采风团一行向毛泽东同志铜像敬献了花圈，并向铜像行三鞠躬礼。

韶山是一处很神奇的地方，有人说，韶山市的版图形状酷似中国地图，如果按顺时针方向旋转180度后，就像中国的缩影版。我们在滴水洞见到了这份地图，你别说，还真有些像倒置的中国地图呢。据《嘉庆一统志》载："韶山，相传舜南巡时，奏韶乐于此，因名。"韶乐是很好听的音乐，其"余音绕梁，三日不绝"。孔子听到后，"三月不知肉味"。可见其美妙了。远古的时候，舜帝南巡来到这里，见这里山清水秀，于是心情大悦，他命人奏起了韶乐，优美的音乐，使山鸣谷应，引得凤凰展翅，嘤嘤和鸣。《书·益稷》曰："箫韶九成，引凤来仪。"韶峰耸翠是其八景之一。诗曰："峭壁插霄间／扑压群山／箫韶流响白云关／绝顶才宽三五尺／秀挹天颜。仙女去尘寰／石上苔斑／风梳雨沐绿云鬟／万古头颅新色相／月挂金环。"（清·毛兰芳《浪淘沙·韶山八景之韶峰耸翠》）真是一方水土一方人哟！有人说，韶山出了个毛泽东是因为风水好。风水的事咱确实说不清楚，或许有吧，但我以为，如果这个人物心中没有天下苍生的话，再好的风水也是无济于事的。古人有言，福地住福人，福人居福地，说的是一颗心啊！

离开广场往毛泽东图书馆走的路上，我们看到了路东的"毛氏宗祠"，那是毛家祭祀祖宗的地方，也是韶山毛氏家族的总祠堂。1959

年，毛主席回到韶山，在这里邀请村里的乡亲吃饭，是他特别让安排在宗祠里。因为过去妇女是不允许进祠堂的，毛主席打破了这个禁忌，让妇女也来到了祠堂。席间，他向自己的老师敬酒，老师说："主席敬酒，岂敢岂敢。"主席说："敬老尊贤，应该应该。"那一次回乡，他老人家来到乡亲们中间与他们拉家常，摄影师把他与汤瑞仁等聊天的情景永远记录进了历史。当时汤瑞仁怀抱小孩，毛主席风趣地说，论辈分，我要叫他小叔叔哩。在韶山学校，他来到师生们中间，小朋友为他系上红领巾，他甜甜地笑着，仿佛自己也成了孩子。照片中，站在他身边的那个男孩和女孩，后来就因为这个机缘，结成了夫妻。思绪纷飞，我仿佛看到了走在稻田里的毛主席，他凝视着西边的晚霞，心中涌起了无限波浪："1959年6月25日到韶山，离别这个地方已有32周年了。"然后轻轻吟出了那首著名的诗篇："别梦依稀咒逝川／故园三十二年前／红旗卷起农奴戟／黑手高悬霸主鞭／为有牺牲多壮志／敢教日月换新天／喜看稻菽千重浪／遍地英雄下夕烟。"

在毛泽东图书馆，我很郑重地"请"了一枚有"为人民服务"题词的毛主席像章。我知道，在从前，像章曾经让我们的国人狂热，但今天意义却不同，我们是在冷静和思考后，重新来认识事物，我们的选择也许更加理智和清醒。因为我们今天太需要全心全意为人民服务了！

离开韶山，我们乘车到了滴水洞，然后还去了花明楼的炭子冲，行色匆匆中，我感受到了一个时代的伟大，感受到了一代伟人创造时代的伟大——之所以伟大，是因为他们心中时时想着人民，事事为了人民！

赏析

  韶山，在中国人眼里，不只是一个地名，而是一个象征，一个时代，一段记忆。作者用顺叙的方法，从一路上听到的、看到的，以及自己的感受出发，饱含深情地叙述了"访"的整个过程。

  作者去韶山之前，满怀景仰。旅途中，听导游讲"发生在毛泽东同志身上的许多稀奇的事"，越发有了感触，司机影碟里播放的"歌颂毛主席、共产党，歌颂人民解放军的'红歌'"与作者此时的心情高度和谐，融为一体。到了地点，处处存留着毛泽东同志的气息。就餐的"毛家饭店"、毛泽东故居、毛泽东小时候游泳的地方、小时候念书的私塾、毛泽东铜像广场、毛氏宗祠、毛泽东图书馆，每一处都有好多故事与传奇，每一个故事与传奇都激发出热情洋溢的革命情怀和对一代领袖的尊敬与热爱。

  整个叙述过程，作者仍把毛泽东同志称为"毛主席"，保留了半个世纪前的称呼习惯与对一代领袖的一往情深。这一次拜访，作者在感情上得到了升华，对"为人民服务"这几个字有了更加清醒的认识和理解。经过冷静、理性的思考和选择后，作者发自内心地强调"我们今天太需要全心全意为人民服务了"。

  文章一开始说明去韶山的机缘，通过一路上的所见所闻，最后上升到"为人民服务"的宗旨，以另一种形式实现了韶山之访的自我完成。

（寒月）

在山海关前忙思

那年八月，我来到秦皇岛，登上了山海关的关楼。

那时是仲秋的晌午，依然凌厉的阳光毒毒地追着人，让你没处藏没处躲。好在，阳光里吹着北地的微风，站在"天下第一关"的匾下，体会着亿万斯年的海风拂面，思绪也就如脱缰的野马，开始在时间的长河中奔腾起来。

这是一处以皇帝的尊号命名的城市，也是一处回荡着历史足音的城市。那些原始人类用石刀石斧维持生计的情景，已经成为历史的图腾，定格在尘封的记忆里。那些无名无姓的原始人类生活的状态，被一句"新石器时代""繁衍生息"所取代了。他们的喜怒哀乐、生老病死已经超出了我们的想象，变成了教科书中概念化的记录。没有人去深究他们的存在与我们今天的苦恼和幸福有什么样的联系，时间淡化了曾经的岁月，让我们对此表现得如此麻木。但接下来的历史，却让我们无论如何难以忽视。

历史说，商、周时此地属孤竹国，为孤竹国中心区域。公元前664年，孤竹亡。春秋时，属燕国。晋灭肥，肥子逃奔燕国，燕封肥子在此地建肥子国。战国时期，此地属燕国辽西郡。秦王政二十五年（公元前222年），秦将王贲经此攻辽东，掳燕王喜，燕亡。秦始皇三十二年（公元前215年），秦始皇东巡到碣石，"刻碣石门"，在今金山嘴筑行宫，并派燕人卢生、韩终、侯公、石生等方士入海求仙和寻不死之药，秦皇岛由此得名。

历史到了这里，一个人终于绕不过去而被写进了简册，这就是秦王始皇嬴政。有资料说他东巡第四次到这里时，派了方士求仙寻药，有的说是第五次。我没有去核对他到底是第几次，反正有过这回事就是了。人之畏死，不独小民百姓，贵为皇帝，更想长生不老。但规律是不可抗拒的，有生就有死，方死方生，又何足畏哉！后来就是汉武帝。汉武帝东巡观海，到碣石筑"汉武台"，并在此用兵攻朝鲜卫乐王朝，把北戴河金山嘴作为屯粮城。据说，汉武帝也非常怕死，周围也有道人方士。哎——我们该说他们什么好呢？！

倒是有一个非常达观的人，他说："对酒当歌，人生几何？譬如朝露，去日苦多……"又说，"神龟虽寿，犹有竟时。腾蛇乘雾，终为土灰。"他就是三国时期的一代枭雄曹操。教科书上这样介绍他：曹操，（155—220年）即魏武帝，字孟德，小名阿瞒、吉利，沛国谯（今安徽省亳州市）人。东汉末年杰出的政治家、军事家、文学家、诗人，汉族。政治军事方面，曹操消灭了众多割据势力，统一了中国北方大部分区域，并实行一系列政策恢复经济生产和社会秩序，奠定了曹魏立国的基础；文学方面，在曹操父子的推动下，形成了以三曹（曹操、曹丕、曹植）为代表的建安文学，史称"建安风骨"，在文学史上留下了光辉的一笔。魏朝建立后，曹操被尊称为"武皇帝"，庙号"太祖"。

就是这个曹操，在207年，亲率大军北上，追歼袁绍残部，五月誓师，七月出卢龙寨，九月北征乌桓凯旋，途中，登临碣石山，来到了古代帝王曾经来过的地方。他跃马扬鞭，登山观海，面对洪波涌起的大海，触景生情，写了一首壮丽的诗篇《观沧海》："东临碣石，以观沧海／水何澹澹，山岛竦峙／树木丛生，百草丰茂／秋风萧瑟，洪波涌起／日月之行，若出其中／星汉灿烂，若出其里／幸甚至哉，歌以咏志。"诗人借登山望海所见到的自然景物，描绘了大好河山的雄伟壮丽，既刻画了高山大海的动人形象，更表达了诗人豪迈乐观的进取精神，是建安时代描写自然景物的名篇，也是我国古典写景诗中出现较早的名作之一。

我不研究文学，也不研究历史，我只是站在近两千年的时间交汇点上，眺望那段血雨腥风的日子。当志得意满的曹先生挥鞭赋诗的时候，中原连年战乱已经让多少人无家可归，让多少人流离失所，让多少人妻离子散，让多少人家破人亡，让多少鲜血染红了奔腾的江河，让多少活生生的生命变成了累累白骨！

那战旗猎猎的队伍，行进在秋日的骄阳下；那些身着铠甲手执长矛的战士，也许正思念着家乡的亲人。面前的关楼在那个年代还是一片原野或者森林，但遥远的鼙鼓声仿佛依然响彻在天空。伴随着鼓点的呐喊，仿佛依然回荡在燕山的峭壁悬崖之间。

我驻足在这里，一任那秋日的阳光刺痛着我的皮肤。我知道，我的痛苦比起那些战士的痛苦，简直就不是什么痛苦。和平的日子总是短暂的，在我们这块土地上，多少人为了和平在拼杀啊！

时光的流逝永远难以把握，隋唐宋元，只有到故纸堆里能见到她的真面目。然而，那些记录在纸面上的东西，永远没有现实来得生动具体，来得惊心动魄，来得瑰丽纷繁。翻过这千年的历史，让我们到大明王朝感受一下那时的山海关吧——也只有到那时，山海关才像一位呱呱落地的婴儿，出现在世人的记忆里。

明朝洪武十四年（1381年），中山王徐达奉明太祖朱元璋命修永平、界岭等关，在此地创建山海关，因其北倚燕山，南连渤海，故得名山海关。山海关是明长城的东北起点，境内长城26公里，位于河北省秦皇岛市东北15公里。山海关古称榆关，也作渝关，又名临闾关。据史料记载，山海关自1381年建关设卫，至今已有600多年的历史，自古为我国的军事重镇。

山海关的城池，周长约4公里，是一座小城，整个城池与长城相连，以城为关。城高14米，厚7米。全城有四座主要城门，并有多种古代的防御建筑，是一座防御体系比较完整的城关，有"天下第一关"之称。以威武雄壮的"天下第一关"箭楼为主体，辅以靖边楼、临闾楼、牧营楼、威远堂、瓮城、东罗城等，城防建筑完备。

山海关从那时起，就不是一处风平浪静的地方。抗倭名将戚继光就在这里修建了老龙头等海防设施，抗御倭寇的入侵和骚扰。到了明末，女将军秦良玉、武举吴三桂等都镇守过山海关。

我就想，为什么那么厚的城墙，居然阻止不了清兵的入关呢？到底是人重要，还是武器重要？毛泽东同志历来认为，决定战争胜负的因素是人而不是物，我以为是十分正确的。长城从来没有像那时一样显得单薄而脆弱，在他庞大的身躯背后，是人在利用它，一个吴三桂就足以让一个帝国消亡。

事实也正是这样，当万里长城依然酣卧的时候，帝国主义的坚船利炮已经从太平洋上浩浩荡荡开来了。从1840年起，和中国的整体命运一样，秦皇岛就再没有过一天安稳日子。山海关名为关，却大门洞开。我们不妨看看下面的记录：

1841年5月22日起，数十日内，英国兵舰三艘，载兵丁在秦皇岛、金山嘴一带海口港湾或游弋或停泊，频繁活动，每日长达10多个小时；

1870年，法国人勘察金山嘴，并绘入其海军部的海图中；

1896年2月，开平矿务局总监张翼受清政府委托派遣其英籍雇员鲍尔温等沿秦皇岛、洋河口、戴河口等处考察秦皇岛港湾历史及勘探水文地理情况，进行码头选址工作。同年，英国传教士爱德华·甘林加紧在联峰山的营寨占地活动，在鸡冠山建别墅一幢，将山名改为甘林山。继而，英、法、俄、美等国纷纷涌进北戴河争相圈占和抢购地亩，建教堂、修别墅。

1898年，英国传教士柏力温，美国人白雅歌、东勃力等人组建"石岭会"，占据了大片土地，传布基督教，干预行政；

1900年5月，八国联军开始向中国大举进犯，在北戴河沿海烧杀抢掠，修筑通往北戴河车站的军用铁路，妄图长期霸占海滨；

1920年，以英、美、德等国人员为主，在此建"东山会"，这是继"石岭会"后又一西方人为扩张侵略而建立的组织；

1933年4月16日，日军侵占秦皇岛，北戴河沦陷；

1935年5月，日本宪兵队侵占北戴河海滨；

到1945年9月，日本投降，国民党才接收了北戴河海滨，成立北戴河海滨管理局，直属河北省。

只有到1948年11月26日，北戴河全境解放，这里才真正属于人民。1954年夏天，毛泽东同志来到这里，望着烟雨迷蒙中的大海，他写下了著名的《浪淘沙·北戴河》："大雨落幽燕，白浪滔天，秦皇岛外打鱼船。一片汪洋都不见，知向谁边？往事越千年，魏武挥鞭，东临碣石有遗篇。萧瑟秋风今又是，换了人间。"

虽然，毛泽东写这首词的时候，并不是秋天，但他"换了人间"的判断，确实是那个年代的真实写照。1954年，抗美援朝战争已经停战，中国大的战事已经平息，建设的任务重新提上了日程，一个朝气蓬勃的新型国家，已如喷薄而出的朝日，冉冉升起在世界的东方。

我有时候想，我们中国人没有到夏威夷圈地建过别墅，也没有到北海道去丈量土地绘制过海军地图，为什么我们的国土却有那么多外国人可以自由往来，横行无忌呢？我想无他，因为我们是有边无关，有海无防，我们是一个半殖民地的弱国。弱国的长城再厚，能阻挡强盗的铁蹄吗？

如今，山海关下，是一派和平的景象，血腥的空气早已淡化为正午的炽热，战场的呐喊早已化成了鼎沸的人潮。而我，一个瘦弱的中国人，在这个平静的中午，却没有平静下来。历史的风从远古送来的号角，让我从和平的情景中看到了背后潜藏的危机。"天下太平"那只是用来安慰灵魂的一剂麻药，随着滚滚经济大潮翻卷的是异族人贪婪的目光。南海边境划界的争吵，使我们还不能沉醉和酣眠。

到这里来看看吧，抚摸一下那生锈的铁炮，凝视一下那静默的城墙，聆听一下起伏的潮声，感受一下现实的安宁。我们也许会生出许多的感慨，唤醒许多的记忆，进而产生许多的思想。

赏析

一个有思想有担当的知识分子在历史面前是无法沉默的。站在山海关前，作者听涛声、看长城、观潮起潮落，但那只是空间上的一个耽溺。作者没有停留于感官的享受，而是在历史的回眸中，沿着时间的隧道，做了更深层次的思考。

那个"平静的中午，却没有平静"。从石器时代的原始图谱到商、周、春秋、战国的朝代更迭，从秦始皇灭燕、"刻碣石门"、筑行宫、求仙药，到汉武帝东巡观海、筑"汉武台"，从曹操的"东临碣石，以观沧海"到明洪武年间山海关的创建，从1840年鸦片战争秦皇岛、金山嘴一带被侵略者反复窥视，到1948年，北戴河全境解放，毛泽东的"换了人间"，作者用层层递进的方式一再提出"和平"与"战争"的严肃课题。

"我驻足在这里，一任那秋日的阳光刺痛着我的皮肤。"战士为和平拼杀的痛苦，弱国"有边无关、有海无防"的痛苦，今天"异族人贪婪的目光，南海边境划界的争吵"，让我们不能不"从和平的情景中看到背后潜藏的危机"，不能在"天下太平"的麻药中"沉醉和酣眠"。

　　作者居安思危，将个体经验、个体思想融为朴素的"和平"愿望。从空间的短暂停留到时间隧道的深度畅游，再返回到现实的空间，提出："到这里来看看吧，抚摸一下那生锈的铁炮，凝视一下那静默的城墙，聆听一下起伏的潮声，感受一下现实的安宁。我们也许会生出许多的感慨，唤醒许多的记忆，进而产生许多的思想。"

　　整篇文章行文理性，充满思辨，给人以深刻的思考与反省。

（寒月）

法门寺瞻佛指舍利

知道法门寺缘于一出京戏，但一直没有看过。据有人考证，戏里所说的法门寺在北京海淀区高梁桥，而且不叫法门寺，而是法王寺。京戏的故事发生在明朝正德年间，戏中老太君礼佛的地方应该很近，而真正的法门寺却在陕西的扶风县，相距两千多里呢。

2005年，由于工作关系，出差到西安就想起了这出京戏，也就动了要到法门寺看看的念头。大约是五月中旬，上午与同行的朋友到秦始皇兵马俑参观。一路上下着雨，有些清冷，但参观的人却挺多。几个俑坑看过，时间刚近中午，大家兴趣未减，我就提出了到法门寺的主张。查看地图，也还不算太远，就一路驱车而去，连饭也没有顾上吃。

法门寺位于陕西省宝鸡市扶风县城北10公里处的法门镇，东距西安市120公里，西距宝鸡市96公里。寺院始建于东汉末年桓灵年间，距现在已经有1700多年的历史了。寺内现存有北魏千佛残碑，证明着他的悠久历史。唐朝是法门寺的全盛时期，具有皇家寺院的显赫地位，曾举行过七次大规模开塔迎请佛骨的活动，对唐朝佛教、政治等影响深远。

法门寺供奉有佛指骨舍利。据说，释迦牟尼佛灭度后，遗体火化结成舍利，公元前3世纪阿育王统一印度后，为弘扬佛法，将佛的舍利分成八万四千份，使诸鬼神于南阎浮提，分送世界各国建塔供奉。中国有十九处，法门寺为第五处。

且说我们驱车西行，雨已渐渐停息，到了法门镇大约是下午四点多钟。我们来到一广场，就有当地贩香的商贩凑了上来。我们询问法门寺，他们见我们也不买东西，就随手指了一处地方。就在广场南侧，好像门楣也挂着法门寺的标牌，我们买了票进去参谒。迎面是一尊四面佛石雕像，高大威严。院里游人稀少，仅身着僧衣的一二人而已。我们随了一导游人员请了香烛，逐次敬拜各殿佛像，出到门口，已经是下午五点左右了。我们问地宫佛指舍利在哪里？这才有一好心人说，在对面寺里。我们说这里不是法门寺吗？对方说，这里是镇上后来修建的，想看地宫在原来的寺里。并且说，要去快去，五点半就不售票了。我们一看表，只有十多分钟时间就五点半了，几个人撒腿就往北面跑。跑出来才发现北面的广场更加开阔，寺院建筑也更加宏伟庄严。我们气喘吁吁跑到售票口一问，已经停止售票了。大家一面喘着粗气，一面商量办法。这时窗口旁许多当地贩票的妇女，说她们能领我们进去，不过要买她们的票。行，只要能进去。原以为，只要能进去，就能瞻仰到佛指舍利，当我们真的被从旁门领着进到寺院的时候，存放舍利子的地宫已经关闭了，带钥匙的僧人也不知去了哪里，我们手握着"门票"立在塔下的地宫门口，显得既无奈又不知所措。

天渐渐黑下来了，由于是阴天，虽是五月天气，但时针已指向六点，也到了快黑天的时候了。树上有晚归的鸟在枝杈间跳来跳去，远处的山已显出了青黛色，雨后的空气温润而潮湿。地宫前有几位闲适的僧人，几个当地的票贩子，几个从东北来的零星游人。

佛指舍利的重新出世，是一件殊胜的因缘。唐代时，这枚指骨舍利曾被六次迎请至皇宫供奉，著名的八帝六迎，说的就是这件事。大约每三十年迎请一次。在当时，三十年即是一个时代，舍利每三十年一现身，有送走一个不好的时代，迎接一个崭新时代的意思。为了这件事，著名文学家韩愈曾专门写过谏阻的奏折，被皇帝贬为潮州刺史，其中周折，绝非一两句话能说明白。但到874年，这样的迎请活动就算告一段落了。这年，举行了最后一次盛大的迎请供奉活动，之后，这枚舍利就被密封珍藏于扶风法门寺塔下地宫，直到1987年才重新面世。事实是，1981年8月24日，存放舍利的宝塔倒塌了半边，1986年政府决定重建，1987年2月底重修宝塔，适逢四月初八佛诞日，"从地涌出多宝龛，照古腾今无与并"，在沉寂了1113年之后，约2499件大唐国宝重器，"簇拥"着佛祖真身指骨舍利才又重回人间。1988年，法门寺正式开放并举行了国际性的佛指舍利瞻礼法会。

我当时想，我们如果与佛有缘，说不定能见到佛的真身舍利。因为这是世界上目前发现有文献记载和碑文证实的唯一真身舍利。如果无缘，今天就算是白来了。因为那时还没有理解"处处有佛"的道理，其遗憾就可想而知了。正在我们不知所措的时候，来了一团东北的游客。导游是位小伙子，显然是常带团的那种，而且似乎与寺院的管事很熟，放下一团人，开始与寺里有关人士交涉。说游客远道而来不容易，一定要让他们看看。我们几个在旁静观着事态的发展。有的朋友已经失去了耐心，坚持要离开；有的朋友百无聊赖在寺院里闲逛游。我坚持着自己的信念，与一位也是东北来的零散游客，还有一二和尚聊天。大约等候了二十多分钟——或许是半个小时，带钥匙的僧人从后边让人找回来了。大约是经过管事人员的同意了，我们持着从私人手中购得的"门票"，随同那一团客人，排队进入了好几道砖墙厚的铁门保护着的地宫。

地宫中心是一圆柱体建筑，绕着这个圆柱是空旷的回廊，佛指舍利就供奉在圆柱建筑上砌成的龛里。同时供奉的还有三个影骨，影骨也是舍利，大约是起保护作用的吧，由于我不懂，也就不敢胡乱猜测了。瞻礼敬拜出来，我们却被拦下了，说刚才的票是假票。反正已不枉此行了，由人家处罚吧。僧人倒也慈悲，只是要求补票而已。售我们假票的人，这时也不好再要钱，说她不要钱了。但我们还是给了她钱，同时补办了真票，一脸轻松走出了寺院。

天已经开始暗下来，广场上兜售平安符的商贩追着我们卖东西，有一看面相的也追着其中一位朋友要求给他谈谈休咎。尽管这样，我们心情仍然很好。

据说"寺"字的意思过去指的是学校，"佛"的意思是觉悟者，也就是明白真理的人。学佛也不仅是学习一些宗教仪规，而是学习佛菩萨的做人做事，学习明白真理大道。现在却已经完全变了味道，有的寺院不但成了某些人谋利的工具，就连一些僧人也为了名闻利养，居然与游客打起架来——这几天网上就有某名山僧人与游客打架的影像。如果这些穿袈裟的人真是僧人的话，那简直就是在糟践佛法了。好在，佛祖早有预言，毁坏佛法的人，正是打着佛法旗号的僧人。连出家人都这样，对于这些寺外的商贩，我们又能说些什么呢?!

这次法门寺之行只是让我们约略感到某种蹊跷，那就是为什么我们参观出来才被发现持的是假票呢？大家说，也许是我们进地宫的时候和尚没仔细看票，但又觉得不可能，因为两种票的颜色一看就不同。也许是和尚慈悲，进去时不愿戳穿我们？或许根本就是我佛慈悲，见我们心诚就放我们进去了？无论如何，我们瞻仰到了佛的真身舍利，我们感到很幸运。

返回西安的路上，我想起了《法门寺》这出戏来。这戏又叫《郿坞县》，也叫《朱砂井》，常与《拾玉镯》连演，总名称为《双姣奇缘》。我们今天也算是一段奇缘吧！但那戏里的法门寺是太监刘瑾审案的地方，与我们瞻礼的西安法门寺却没什么关系。

赏 析

舍利，指佛教祖师释迦牟尼佛圆寂火化后留下的遗骨和珠状宝石样生成物。作者执意去陕西扶风县的法门寺，是基于一种文化的探寻，因为这里供奉着举世仅存的释迦牟尼佛真身指骨舍利。这枚佛舍利在唐代，"被六次迎请至皇宫供奉"，"在当时，三十年即是一个时代，舍利每三十年一现身，有送走一个不好的时代，迎接一个崭新时代的意思"。著名文学家韩愈还因为"写过谏阻的奏折，被皇帝贬为潮州刺史"。874年，最后一次迎请供奉活动后，"这枚舍利就被密封珍藏于扶风法门寺塔下地宫，直到1987年才重新面世"。

这是一枚充满神奇色彩的佛指舍利，供奉在陕西法门寺地宫中"圆柱建筑上砌成的龛里"，"同时供奉的还有三个影骨，影骨也是舍利"。作者终于见到这枚珍贵的佛指舍利，但是见的过程却有一些周折。先是"贩香的商贩"因见他们不买东西，误导他们去了新建的寺庙；后好不容易跑到存放舍利的旧寺庙地宫，已经停止售票了；无奈买了假票进去，"存放舍利子的地宫已经关闭了，带钥匙的僧人也不知去了哪里"，幸好东北旅行团的导游说服了管事的，他们蹭着团进去了，出门时却因假票而让补票。作者通过"寺"与"佛"字的解读，感慨有些人穿着袈裟"糟践佛法"。

文本以热切的心灵和内敛的思维方式叙述了所思所想所闻所见，以积极达观的态度对待曲折的遭遇，用真诚细致的记录与坦率揶揄的文字表达，实现了对世界的温情注视和对佛教文化的积极探寻，情智兼具，文气沛然。

（寒月）

远眺水神山

在盂县，有许多久负盛名的历史遗迹和文化名胜，水神山即是其一。据资料介绍，水神山位于盂县县城东北五公里，此地苍松翠柏，奇花异草，清秀幽静。山上有古代建筑，曰烈女祠。未有烈女祠之前，是否有别的建筑，我们都不知道。姑且认为有吧，否则，柴花公主何以到此地仙逝呢？那么，当时是什么建筑呢？我以为是抱泉楼——或者是与水神有关的庙宇吧，否则，为什么叫它水神山呢！现在，却因为烈女祠的名声和规模，使抱泉楼之类的建筑地位发生了动摇，人们更多地把感情赋予了后周的烈女子柴花，对于抱泉楼之类古迹所为何来，却不甚了了啦。

作为一名盂县籍的文化人，至今却没有拜谒过水神山的水神和奇烈的后周公主，这使我感到十分遗憾！但对于这处名胜的仰慕，却不从今日始，早在年轻的时候，就知道，并动过到此一游的念头。只是世事沧桑，岁月弄人，忙忙碌碌中，几十年就过去了，直到现在，盂县藏山文化研究会的同仁让我做一篇关于水神山的文章的时候，我依然没有成行——或许是机缘未遇、时节不到吧。

水神山，按理应与水神有关系。盂县历史上属于少雨多旱地区，而农业又是当地的主要产业，遇到荒旱年景，本地的官员里正、乡绅大德就会组织乡民祈雨救灾，水神自然是主宰这一进程的重要人士，或许，抱泉楼之类就是为水神修建的居所也说不定。

对于这样的臆测，心中总有些不安，为了弄清真相，我们还是先

第二辑　行走 / 093

翻一翻历史好。找到乾隆版的《盂县志》一读，原来书里也是一笔糊涂账。甚至说，柴花走到此地，因为口渴，居然掘地出了泉水。这样说来，那水神应是柴花无疑了。可紧接着，修志人发了一通议论，说，柴花也许是宏女，因为柴荣的"荣"与"宏"音相近。但涉及帝胄之后，不敢妄加猜测。

这就发生了一个问题，水神与公主是否为一人？如果是一人，山不应称水神山，或许称烈女山更准确；庙也不该叫烈女祠，应该称水神庙才对头。如果不是一人，问题似乎要容易解决一些，但柴花掘泉的传说，显然就带上了演绎的色彩。

历史总是云遮雾罩的，还是让我们说说这个柴花公主吧！

时间要穿越历史，回到唐末五代，回到大宋开国之初的时候。那是个怎样的年代呢？那是个动荡不安的年代，那是个兵戎相见、生灵涂炭的年代。政权的更迭像走马灯一样迅捷，可谓是："城头变幻大王旗"，"你方唱罢我登场"，"各领风骚几十年"。在这样的现实中，如果有一位弱女子，敢于抱定自己的理想，为自家的江山，甚至黎民的生计不惜一搏的话，她一定会受到人们的崇拜和景仰。柴花应运而生了。她充当了那个时代的楷模，成了我们今天纪念的对象。

回忆历史总是令人唏嘘、教人感叹呢！

在五代后周显德六年（959年），刚刚做了六年皇帝的周世宗柴荣突然病死，七岁的梁王柴宗训继承了皇位，是为周恭帝。周恭帝登基不到一年，据说有契丹入侵，朝廷就派了赵匡胤北上御敌，但军队出发不久，就在距离都城汴京（今河南开封市）不远的陈桥驿发生了哗变。将士们将早准备好的黄龙袍给赵匡胤穿上，拥戴赵匡胤做了皇帝。这就是历史上有名的"陈桥兵变"。陈桥兵变后，后周皇帝虽被贬边地，生活待遇似乎还算优厚，但亡国的后周旧臣和皇族中人却遗恨在胸，先后有后周检校太尉李筠在泽州坚守，拒不承认赵宋政权；

据兵扬州的李重进,也与赵宋分庭抗礼。传说后周世宗柴荣的女儿柴花公主,从小习武,性格刚烈,父亲尸骨未寒,幼弟被废,心中愤恨,于是就带了几名贴身侍女逃出京城,投奔泽州李筠。然而李筠并未坚持多久就被宋太祖亲征所破,本人也被人灼烧而死。柴花公主只好继续沿着太行山北逃,最后逃到了盂县水神山。她把东山再起的希望寄托在了李重进的身上,可没有多久,李重进也城破身亡。希望破灭,她遣散了侍女,自己则在水神山抱泉楼侧的一棵枣树上自尽了。柴花公主死后,其刚烈气节深深感动了当地老百姓,大家捐钱捐物,为她在水神山建了一座烈女祠。

这又是一种传说。

一者,柴花一弱女子,怎么可能与同样柔弱的几个女子长途跋涉,跋山涉水,走如许远的路?二者,盂县属北汉地界,后周北汉互为敌国,她为何要到虎口送死?三者,史志上说柴花是不愿嫁人才出逃的,那她有必要跑这么远躲藏吗?或者,她是修行之人,有掘地为泉的神通,那她有必要到盂县吗?种种疑问,让千年后的我们莫衷一是。

以我的猜想,应该是这样:后周国破,公主出逃,投奔泽州;事情不济,为逃追杀,深入盂县。水神山距县城较近,便于打探消息。而且山上有泉有刹,便于饮食起居。待扬州兵败,公主复国无望,在万念俱灰的情况下,以身殉国。百姓感念其忠贞刚烈,遂为其造祠以示纪念。

虽然疑问多多,但盂县每年农历四月初四,山上的庙会还要如期举行,庙会的唯一任务就是为了祭祀这位忠烈女性。此风已延续千年,至今不绝。然而这些都不见于史籍,只是当地老百姓的口口相传。

烈女祠依山而筑,由低而高,从山脚拾级而上,远远望去,却有幽静、神秘的感觉，可惜没有亲见，难以置喙。倒是读到过许多前人对山和祠的吟咏、题刻，说明着这里的岁月沧桑，记录着历史的跫跫足音。"乱山深处有灵湫，三载传闻志未酬。今日敬焚香一炷，春风十里水神头。""楼抱清泉松抱楼，泉中交影斗龙虬。草萦危石柔苔滑，云幕飞檐曲径幽。但使贞心留五代，岂知山色秀千秋。芳名惆怅埋青史，藻井朱栏任眺游。"

"眺游"，古人的用词，正应了我今日的行踪。在壬辰年正月十四，到阳泉北站接从北京来的中国摄影家协会客人的时候，我有幸"眺游"了这座千年古祠。那时已经接近中午，但离客人到站的时间还有段距离，忽然心血来潮，想拜谒一番水神山。开车在新建的盂县植物园兜了好几个圈子，最终竟然没有找到去水神山的路，只好作罢。回到车站，其心不死，在候车室打水的时候，询问一位上年纪的清洁工师傅，师傅用手一指，说往东再往北，过桥一直向前，没岔路，开车也就三两分钟。按照师傅的指点，我们开车又走进了植物园，这次没走多远，就看到一座桥，上桥的坡很陡，不像是常有人走的路，但为了这次机缘，我还是坚持让司机师傅开了上去。上去一看，傻眼了，眼前是高低不平且很窄的山间土路，第一个感觉就是又走错了。回头向西，发现那里还有一桥，那或许是正路。看表，离客人到站只有二十分钟了。我们好不容易从桥上掉头退下来，师傅问，去还是不去？我说，去，不就几分钟嘛！师傅把车开上了西边的桥。这回走对了，前面发现有通往水神山的路牌，我们沿了路牌指示的方向开进去，真的不远。

车停在山门口，大门上的小门没锁，走进去，也不见人。走到不远的山凹处，抬头便见到了渴慕已久的烈女祠景观。站在山下，听着松涛阵阵，一种走进历史的陌生感油然生起。祠内似有人语，想想，记起山门外的一辆小汽车，或许是与我一样，有"发思古之幽情"的人已经捷足先登了吧。对着祠的方向我鞠了一躬，便匆匆返回，真应了古人"眺游"的预见。

一面往车旁走，一面想，下次，一定走进水神山，走近古人，从容拜谒一番！

赏 析

水神山是真山真水，不是传说，又和传说有关。作者对水神山仰慕已久，极欲一睹为快。

作者在文中写出了对水神山的三考，即：考证、考问、考察。

一说考证：先是翻看乾隆版的《盂县志》，寻求水神山的来龙去脉。书中虽有记载，不能释疑解惑。于是，再看唐末五代到大宋开国年间的历史。五代后周显德年间，皇位更迭，外敌侵扰，赵匡胤北上御敌，发生"陈桥兵变"，黄袍加身，做了皇帝。后周皇室女子柴花公主，眼见父亲尸骨未寒，幼弟被废，多方奔走，欲东山再起，希望破灭，在水神山抱泉搂侧枣树上自尽。当地百姓感念她的刚烈豪气，集资建立了烈女祠。

二说考问：梨花公主一弱女子，何以跋山涉水，远路来到盂县？盂县属北汉，与后周互为敌国，岂不是自投罗网？若如史志所言，是为躲婚出逃，也不至于长途奔袭，走如此远路。考问引导作者思索，得出自己的答案：后周国破，公主出逃，投奔泽州；事情不济，为逃追杀，深入盂县。水神山距县城较近，便于打探消息。而且山上有泉有刹，便于饮食起居。待扬州兵败，公主复国无望，在万念俱灰的情况下，以身殉国。百姓感念其忠贞刚烈，遂为其造祠以示纪念。盂县每年四月初四，都要纪念这位忠烈女性，已延续千年，至今不绝。作者深为所动。更有前人对山和祠的吟咏题刻，延展着作者前往一观的凤愿。

  三说考察：终于作者有机会利用到车站接客的间隙，眺游了这座千年古刹。驱车几经周折，来到了山门口，见到了渴慕已久的烈女祠景观。虽来去匆匆，毕竟是亲历亲见，不虚此行。意犹未尽，还想"下次，一定走进水神山，走近古人，从容拜谒一番"！

  本文表现了作者云游名山大川的兴致雅趣，展示了作者寻根究底的探索精神，彰显了作者自主思维独立判断的优良习惯。

（李玉玲）

李宾山南寺寻访记

这几年来，我一直在研究一个课题，就是唐朝著名佛教居士李通玄的生平等有关问题，为此，还应山西三晋文化研究会的委托，专门撰写了一篇论文《华严宗师李通玄》，并由三晋出版社出版。2011年，阳泉三晋文化研究会就同一课题，让我再写点东西，我又写了《李宾释法探源》，该论文今年（2012）2月也由三晋出版社出了小册子。在这两本书中，都提到了李宾山南寺，但老实讲，关于南寺的确切位置，却始终没有得到证实。这件事一直困扰着自己，希望能有一天得到解决。

原来的论文是这样叙述的：从实地考察可知，李长者墓确实在盂县的李宾山南麓。李宾山有北寺和南寺，北寺在秀寨的北寺山——即李宾山，南寺在哪里呢？有论者说在北寺的对面山上，非也。访当地一胡姓老人得知，南寺在李宾山南麓，即现在的大贤村往南上社走的路旁，大贤村往西的河滩旁，叫"老坟"的地方。该处紧傍一小山丘，该山丘为石丘，上有丈余的树丛，其下是一耕地，原在地中有一九层高塔，据杨姓村民讲，1972年学大寨时，当时姓杨的书记带领村民给拆毁了……从这里，有小路可以到达北寺，村民讲，过去庙会经常从这里走到北寺。从古人诗词中，我们证实了村民的讲述。清初武全文有《南寺李长者墓》诗一首：冠盖当年谁伏虎／南寺古渡余衰柳／双鹤不鸣天姥老／一甃（作者注：读昼）还为长者有。说明南寺和长者墓在河旁，当时古渡还在。这与现在的方位是一致的，只是河里已经没有了潺潺流水而已。

　　这里有几个问题，一关于南寺的准确位置是听说，而非实地发现；二把"老坟"墓地附近当作了南寺的原址；三是对石丘与墓的关系表述不是十分清楚，引起了歧义。鉴于此，寿阳有学者便不顾上下文的叙述，从感情出发，发表了一些讽刺甚至谩骂式的批评。如：

　　丘，就是墓；"石丘"，就是"石垒的"大墓也。墓，还可叫墓丘，也可叫坟丘。《方言》第十三："冢大者，谓之丘。冢，坟墓也。"王安石《将次相州》："青山如浪入漳州，铜雀台西八九丘。"侯文不识"丘"，却讥刺地发出："寿阳自古为人杰地灵之所，曾出过祁隽藻这样的人物……我们却没有发现他谒寿阳李通玄墓的诗文，这就奇怪了。"侯文强人所难，即此结论："那里根本就没有李通玄墓。"

　　该文认为我连"丘"的含义都不懂，就不配做研究。那么，"丘"就是墓丘吗？我查《康熙字典》——这也是该先生所讽刺我的地方，"丘"有四个读音，以"qiu"而言，有15种意思，居然没有该先生所提到的"墓丘"一说。丘有高、空、聚、大等多种含义，独没有墓之意——惜哉！

　　关于学术争论的事，就此打住吧，那需要专文来进行回应的。还说李宾山南寺。今年6月12日，我同市文物局的董局长等一行就这个专题再次进行了考察。行前，我约了盂县文联崔亮云先生，同行的有市文物局韩局长、市文联的李主席等六七人。我们在考察了盂县高长虹故居后，来到盂县南娄镇大贤村，在村干部的安排下，考察了村里的几处古庙，然后，来到叫"老坟"的地方，查看这里原九层古塔的遗址。之后，我们提出寻找李宾山南寺的想法。

据向导说,"老坟"这里不是南寺,南寺在南上社村。于是我们驱车到了距离大贤村一二公里的南上社。停车,下去询问村民。天很热,路上扬起的尘土里,有一种干燥的煤灰味。路边的村民只知道南寺在南寺沟里,具体他们也不是十分清楚。向导这时也有点不大愿意领路了,他让我们自己去找。好在同行的县文联同行极力劝说,他才答应与我们一起去南寺沟寻找。车子又开动起来,掉头,从南上社村返回,又向大贤村方向开去,路上有几个向北的岔口,终于在一个岔口找到了去南寺沟的路。

南寺沟里现在有一处煤矿。我们三拐两拐到了煤矿办公楼的院外,又不知道路了。向导走进院子找人打问。煤矿办公楼院内多是外地人,也说不出个所以然。正在这时,据说是矿领导的人出来,他说,他虽不是本地人,但他知道。于是,向导在办公楼院外的一棵柳树下等着,那位矿领导乘着我们的车子把我们领到了向西不远的一处堆煤矸石的地方,说,这里就是原来的南寺。

我们下了车,爬上路边的田埂。田埂上是长满树木的一处平台,在这里,我们终于有了收获。一开始见到的是碎砖烂瓦,后来,就发现了支撑柱子的柱础石。那人介绍说,煤矸石下面埋着许多经过雕刻的石材。据说,这座庙是新中国成立后拆掉的,当时县里不知为了建什么建筑,把这里的建筑材料拆走了。原来是这样!

这里是一处面南背北的所在,西边是山,东边有一条出入的路,南面山上是郁郁葱葱的树木。寺院遗址背山面河,可惜由于开发已经破坏了这里的幽静和安谧。据说,山北就是李宾山北寺——这就与过去的考察对上了窍。南寺遗址现在老实讲,大看不出什么痕迹了,遗址上的各种树木茂密而繁盛,人穿行其间十分困难,甚至连断垣残壁也没有,如果不是仔细寻找,任谁也不会想到这里当年曾经的鼎盛。

那么,南寺、北寺与李宾墓是怎样一个方位关系呢?大致是:南寺与北寺隔山而建，而墓地在南寺沟口向东数百米的地方，石头小山下面的古塔基说明了墓地的所在。从风水学的角度看，墓地东西都有一个小山包，南面临河，河对面的"照山"满目葱茏，确实是个宝地。只是开矿等原因，已经破坏了它的完整，使它昔日的风景难以再现了。

从南寺遗址出来，我们又向寿阳方向走去，决定到东方山去看看逝多林若寺遗址。对于这处遗址，某先生也颇多非议，这完全可以理解。一者他把寿阳方山的上寺当作了"逝多林寺"，把下寺当作了"林若寺"，据说，这是日本学者小岛先生的研究成果；二者，作者没有实地考察，连李宾山和东方山也没有弄清楚，所以，立论自然就风马牛不相及了；三者，他认为我的研究有抢名人的嫌疑，因此，从感情出发，不愿意相信寿阳现在的方山寺是李通玄去世一百七十年后建造的。好在寿阳方山寺那通"唐碑"还在，左庆老人刻在石碑侧面的文字还在，所以，我的研究自然也就可以下肯定的结论了。

这是题外的话。

东方山的遗址，由于时间久了没有人上去，路不是很好走。在那里，我们发现了用木橛和毛钱划出的界限，显然有人在动这里地下的脑筋。有鉴于此，市文物局决定回去就向上级打报告汇报。

6月30日，是星期六，我再次陪同市有关领导和市文物局的领导考察了李宾山南寺和东方山，这次原计划要去李宾山北寺看看，一来时近中午，二来修路，就没有去。北寺还有几通石碑在遗址上没有得到保护，或许从碑文上能找到更多的研究线索。可惜，我一直想把碑文拓回来，到现在也没有如愿。唯一庆幸的是我们终于找到了南寺，困扰我的事终于有了结果，我感到十分欣慰。如果市文物局能尽快进行考古勘探的话，我会更高兴。

赏析

　　这篇文章详细记载了寻找李宾山南寺的过程。时间、地点、人物、事情的经过，结果一目了然，耐人寻味。其间涉及的人、事、物，曲折多变。困难不言而喻。

　　作者一行顶烈日，抗扬尘，丝毫没有影响寻南寺的决心。值得庆幸的是：终于找到了南寺的准确位置。为此感到十分欣慰。可见他对研究史实、保护文物的虔诚和决心。

　　在写作方面，文章的选材与线索没有平铺直叙，而是从多方引证，访问，对抗批评，查找资料，四处奔波，不甘终止寻找线索。内容繁多，且有条不紊。明线还是以寻访的时间先后为序，脉络清晰，层次分明，结构完整。

　　方位词的运用，便于读者准确把握南寺的地理位置。如：介绍南寺所在位置时，用"面南背北"，"西边是山，东边有一条出入的路"。"南面山上"是郁郁葱葱的树木。寺院遗址"背山面河"，"山北"就是李宾山的"北寺"……还有"南寺沟在向东数百米的地方"，石头山"下面"，"东西"都有小山包，"南面"临河，"河对面"的"照山"满目葱茏……真是个风水宝地啊！

　　文章两处用排比、排序数的表现手法，有条有理有利有据。如：一关于……二把……三是……在提到东方山的逝多林若寺遗址时，用"一者……""二者……""三者……"，表现笔者分辨真伪，去粗取精，去伪存真的科学态度和负责精神，有理，有序，有力。

　　旁征博引。如引用清初武全文《南寺李长者墓》诗一首，证实确有其人。引用《康熙字典》关于"丘"的解释，竟然有15种……可见作者严谨，认真的学术态度。

（石宝红）

路　上

气温忽然就降了。

秋风卷着黄叶在马路上飘摇。汽车驶过，一大团枯叶随着旋起来，车过后，清洁工人左一堆右一堆清扫。车流滚滚，行人匆匆，眼前景色使我忽然记起"今宵酒醒何处，杨柳岸，晓风残月"的诗句来。

闯荡京城有些日子了，身上带着盘缠已无多，每天沿着胡同走，努力寻找着自己的归宿，走得很累，可一直没个着落。这几天病痛又偏偏来缠人，一块手绢洗三四遍，依然擦不干流出的清涕。

更可怕的病痛是寂寞——一种毫不充实的孤独、一种虚妄的空寂。有一种急欲倾诉的奢望，然而，举目四望，竟无可诉说。即使忆起某个朋友，想想生活的忙迫，还是忍着吧。

中国人民政治协商会议礼堂外面空荡荡的台阶上，任秋风吹透单薄的衣衫、无聊到沿台阶跳上跳下的时候，我已经失却了生活的目标。心想：也许这正是自己所寻求的一种生活体验吧——安逸久了，希望生活多些变化，哪怕可怕的寂寞呢！

甩开路人异样的目光，我向街头一家小吃店走去。老板已算是熟人，问我想吃点什么。我咽下一口唾沫说，不忙，先来杯茶吧。趁老板招呼别的顾客之机，我驴饮一般灌下一杯带着苦味的凉茶，溜出了饭馆，紧攥着口袋那一卷毛票，走回了沉淀在地下的旅馆。头昏昏沉沉，想睡又睡不着，望着毫无色彩的天花板，居然就有"雾气"蒙住了眼帘。

后来，自己被一家饭馆录用了，月薪3000元，还负责吃住。开支那天，自己拿了500元，就在经常吃饭的那家小吃店，吩咐老板拣最拿手的菜上个三五道，我要请客。但不知为什么，朋友却一个不到，忽然听到电话铃响，正要跑去接时，我醒了。原来是南柯一梦。

时近傍晚，我再次百无聊赖地上街溜达。走到一处公用电话亭旁，拨通远方朋友的号码，没有人接。放下听筒，觉得空落落的。回头是一家游戏厅，进去看看吧。一个年轻人正玩得上劲儿，一会儿是"台球比赛"，一会儿是"海底大战"。看了一阵儿，觉得快乐是他们的，我已一无所有，便又往回走。路过一家书店，拐进去翻了翻架上的书，竟没有中意的。手又一次伸进羞涩的囊中，即使想买吧，又怎么能够呢？

风越刮越猛，树上的黄叶像下雨一样洒下来。晚报上说，北京气温已降到了摄氏零度，冬天马上要来了。

北京最难熬的日子就是这秋末冬初。一到夜里，被子寒冷似铁，和衣卧成弓形，却丝毫没有睡意。报上发现一条特别适合自己的信息，明天一定去试试。或许明天会有一张热情的笑脸让人心醉吧——一种虚无缥缈的希望，使我麻木的四肢逐渐恢复了暖意。

鲁迅先生说过："地上本没有路，走的人多了也便成了路。"的确，自己脚下正有许多路，可是我该往哪个方向走呢？

赏 析

不同的自然环境对于不同的人，可能会唤起不同的审美感受。这篇散文细致地描摹了北京秋末冬初的秋风飒飒吹拂，黄叶纷纷飘摇，而这一系列对自然环境的描写，是为了表现作者闯荡京城在病疼、贫困中的孤独、彷徨的感受。融情入境、景中有情。

《路上》一文是一首跌宕起伏的乐章,感受作者的情感起伏变化。作者笔触沿着自己的视线,细处落墨,描写"秋风卷着黄叶在马路上飘摇",渲染秋景的萧瑟,"汽车驶过,一大团枯叶随着旋起来,车过后,清洁工人左一堆右一堆清扫",感受到路上行人稀少,而我驻足凝思,自然引出"今宵酒醒何处,杨柳岸,晓风残月"的诗句来。使读者体味到作者笔下表现的那种抓耳挠腮的孤独,百无聊赖的寂寞。结尾处的景物描写:"风越刮越猛,树上的黄叶像下雨一样洒下来","一到夜里,被子寒冷似铁,和衣卧成弓形,却丝毫没有睡意",烘托作者孤寂中的坚守,挫折中的期盼。

《路上》一文又是一首深沉真挚的诗歌。随着作者的思绪,身体的病痛、多日奔波的疲惫、囊中的羞涩、次次的碰壁、突破自我追求新的目标的困惑迷茫,让人感同身受。更感受其中孕育的始终不放弃的那种坚守。这是积极进取之后的彷徨,这是勇于挑战之后的困顿,这更是不甘平庸之后的螺旋式上升。

(李银花)

雨中平遥观画展

对于旅游，我一向兴趣不浓，无论是"泰山日出"还是"黄山云海"都很难让我心动。因为我以为最美的景色不在山水之间，而在人心中。基于这样不合时宜的观念，旅游与我就有了相当的隔膜。好在国家旅游局并不知道我的想法，就连我们市的旅游局也不知道——即便知道，我就这样想了，又能奈我何？

路还得走，不为旅游，出行总是人一生必不可少的一门功课。其实，是我偏激。古人早就说过"行万里路，读万卷书"的话，把"行路"与"读书"并提，可见"行路"也就是"读书"。人生阅历的丰富，多数来源于社会这卷大书，如果谁要想增长见识，千万别如我一般拒绝旅游。

旅游需要一种心境，没有好的心境，再美的景色也让人索然。就像四五岁的孩子，依然还挂在当娘的乳房上一样啜不出什么滋味来。我的这次平遥行，不是为旅游，而是为工作。著名戏剧人物画家宫来祥先生，把他的水彩水粉画展办到了中国文化名城山西平遥，宫先生作为山西阳泉市美术院的一名专业画师，能把画展办出阳泉，办到一个有名的城市，这是阳泉市文艺界的喜事，作为阳泉市文联的一名员工，对此不可能无动于衷。所以趋前祝贺，正是分内之责，万无推拒之理。这样就与文联同仁一道有了这次平遥之行。

余秋雨先生在《抱愧山西》中写道："在山西最红火的年代，财富的中心并不在省会太原，而在平遥、祁县和太谷，其中又数平遥为最"。在余先生眼里，平遥是那种堆积着财富的富庶之地。他说："平遥西大街，这条曾是中国各式银行'乡下祖父'的日昇昌票号诞生的地方。""实在是一条神奇的街，精雅的屋宇接连不断，森然的高墙紧密呼应，经过一二百年的风风雨雨，处处已显出苍老，但苍老而风骨犹在，竟然没有太多的破败感和潦倒感"。余先生说这话时，是20世纪90年代初吧。那时，平遥的名气还不够大，至少没有现在这般大。据余先生讲，当时政府也没有把它怎么当回事，不像今天，它已经进入山西省领导的视野，且正在做大做强。就在我们去之前不久，它刚刚举办了新一届的"平遥国际摄影节"。节日的气氛还留在山西电视台的节目频道中，让曾经看到的人们为之神往。

今天，我就站在西大街上，站在雨中的平遥城里。雨就这样毫无节制地一直下着，从我们出发，一路下到现在，几乎没有停歇过，像长跑的马拉松队员，喘息着，多少让人感到有些不快。

宫先生的画展就在这条街口的德盛楼内，这里紧邻着鼎鼎大名的日昇昌票号。这是一处茶楼，后面的茶室是新建的，前厅却是古旧的，宫先生的画就挂在这间茶室里。茶室为水泥结构，分两层，四周有楼梯可上下，说是楼，其实中间是个有屋顶的天井，站在楼中央，可以环顾楼上的茶座。宫先生的每幅作品都不大，都用木框装好挂在墙上。作品分两类，一类是戏剧人物画，一类是民居建筑。粗粗浏览了一遍，使我感兴趣的是宫先生对色彩的应用，在古建筑画中对阳光的处理技巧。我是绘画的门外汉，说不出个所以然来，但直觉告诉我，宫先生的水彩水粉画，确实有它独到之处。据说多次荣获大奖。

让我感到吃惊的不只是这次画展如何成功，还有赞助这次画展的赵先生。赵先生大名已不记得了。因为方言的缘故，虽然大家多次提起，但一直没有听明白，又不好去问，只好这样存疑了。我只知道，赵先生是个农民，是"成裕酒店"的董事长，酷爱艺术。这从他酒店餐厅的布置可以得到证实。在那过厅，山西著名书法家田树苌的字、赵梅生先生的画等都张挂在那里，向我们展示着主人的情趣是如此高雅。其实，这种高雅，绝不是那种脱离现实的清高，而是折射着时代特色的一种精明之举。这样说吧，赵先生在经营文化。

虽然，赵先生赞助了宫先生，表面看来赵先生经济上吃了亏，其实，就在宫先生画展的前一日，阳泉的书画家们已为赵先生留下了三十余幅墨宝，这东西可说不准值多少钱。从这个意义上讲，我就很佩服赵先生。这让我再次想到了余秋雨先生笔下的山西人。

平遥古城依然沐浴在淅淅沥沥的秋雨中，这雨仿佛要下一百年似的，让人心里虚虚的。西大街上，雨中拉着洋车，戴着墨镜，留着小胡须和长辫子喊着浓重乡音的"前清车夫"，喊着让游客拍照，很敬业的样子。也许，这是平遥之所以富庶的又一原因吧。

从雨中望出去，我的心中忽然升起一缕阳光来，它是那样的清丽。这是山西经营文化的希望之光，我这样轻声对自己说。参加宫先生的画展进一步证明了我的这个判断是正确的。

我不虚此行了。

赏 析

"人是散落的珠子，随地而滚，而文化就是那根强劲而又柔韧的细丝，将珠子串联起来成为社会"，这就是文化的魅力所在，光明所向。本文视野开阔，文笔简洁，风格恬淡。作者以画展为线，文化为魂向我们娓娓地讲述经历，诉说感悟，是那样的儒雅随和。

作者首先借用余秋雨先生的话，将我们的思绪引入富庶的晋商文化，让我们情不自禁地去追寻平遥那段历史的荣光。感叹之余，我们又被作者拉回现实，来到了宫先生的画展。展厅所在地茶楼处处透着年代感，画家作品充满浓郁的艺术氛围。茶楼属于建筑，画展属于艺术，它们都是文化的载体。随之，作者谈到赞助画展的主人赵先生，虽然他是农民，但他酷爱艺术，并举酒店餐厅的例子，来证明赵先生的情趣之高雅。作者直抒胸臆，发表议论，点赞赵先生的"高雅，是折射着时代特色的精明之举，旨在经营文化"。书画家们留下的墨宝，也从侧面凸显赵先生在经济文化方面的战略眼光之长远，再一次表达作者对赵先生极致的赞赏。

结尾处点睛之笔，雨中有情，情有所动，意有所悟，进一步升华主旨：山西人的精明敬业，是一笔宝贵的精神财富，是经营文化的希望之光，平遥发展、山西崛起的信心之光，也是传统文化的兴盛之光。

毫无疑问，本文紧紧围绕文化选材，抒发感悟，结构严谨，层次分明，融记叙，描写，议论，抒情于一体，平淡中见警策，平凡中显深沉，令人回味无穷。

（焦元芳）

随部长下乡

认识部长是在《人民日报》高级记者段存章的书中。段是山西左权人，那时部长还不是部长，还是左权县委书记。书记陪着记者在左权的乡间小路上边走边谈，谈左权的资源、左权的民情风俗、左权的小花戏、左权的名胜古迹，更谈左权的发展、左权的未来。书记在记者脑海中留下了深刻的印象，于是便形诸笔墨，写入诗文。于是，我就读到了这些诗文。于是书记——不，应该叫部长也便在我脑海中留下了深刻的印象。

我是个怯于见官的人，怕自己的唐突和鲁莽影响领导的工作，扰乱领导的思维，打搅领导的正常生活秩序。因为有这样的顾虑，当部长从左权提升到我们市里担任部长的时候，我便没有勇气走进部长的办公室，部长也便不认识我。

我们相遇是在市委的电梯里。那时，部长正在中央党校学习，日常工作多数是利用周六、周日回来处理的，因此，见一面也就显得很不容易。从心里说，我早想把自己刚出版的一本杂文随笔集送给他，而且已经写好了赠言，但一直没有机会。在电梯里，我们相遇的时候，我手头正有一本自己没有签名的书，于是不揣冒昧便送了上去。令我吃惊的是，我一说，部长居然就叫上了我的名字，这让我很感动。心想，自己算个什么，区区一介草民而已，居然还有领导记着，与部长的距离感一下子就消失了。

随部长下乡，是在这次见面之后的一年多吧，我记不大清了。当时，我被市委借调到农村"三个代表"学习教育活动办公室写材料。办公室领导说，你去随部长下乡吧。我就坐了部长的车，同部长一起下了乡。

部长还是书记的时候，就是一个很务实的人。据说，当书记时他还十分年轻，大约三十多岁吧，偌大一个县交给一位三十出头的年轻人，许多人为他捏着把汗。然而，他却干得很出色。他说，他没甚秘诀，就是务实。

比如开会吧，他在讲到财政问题的时候，叫起财政局局长来，让说说近期财政的收支情况，如果说不上来，要么就这样站着，要么离开会场回去把情况弄清楚。说到农业，说到煤炭，都一样会叫起相关部门负责人说说情况。几次这样的提问之后，各职能部门的头头们再不敢开会打瞌睡，平时不用功了。

那时，他单身住在县里，星期天或吃罢晚饭没事，叫了司机和秘书就下乡了。这样的下乡也没甚明确的目的，就是下去走走、看看，了解点实情。比方说，他走到农民的玉茭地里了，就同农民谈谈玉茭的事，说说村里最近有甚新鲜事，村干部都干点甚，乡镇的干部下不下来，下来闹甚哩，等等。

你会说，农民一看他是当官的，谁跟他说实话？你算问着了。他别说是下乡，就在平日里，也是一身"老土"的打扮。夏天背顶草帽，一双解放胶鞋，走在哪里随便一坐，没一点当官的架子。为此，有人以为他是倒贩玉茭的，也有的说他是买牲口的，还有的说是贩核桃的。到了市里后，他着意换了行头，但就这仍有同事开他的玩笑，说他"老土"。老土就老土吧，别人怎么说，他都应着。遇到放羊人，他就是买羊的，就说说羊：羊的价格、羊的数量、羊的销路；遇到种菜的，他就是菜贩子，就问问菜的行情、菜的质量、菜的运输。一年三百六十五日，他常常待在乡下，对乡里村里的事不能说了如指掌，起码也是茶壶里煮饺子——心中有数。再要开会、听汇报，你乡镇干部敢说一句假话，嘀嘀，小心你的后半夜吧。

务实，干出了实绩，带出了队伍，也赢得了声誉。要不，他怎么会被提拔到我们这里来当部长呢。

部长的做法还是务实。

我们这里出了个有名的摄影家，叫黄旭升。老黄一辈子鼓捣照相机，到六十来岁，总算鼓捣出点名堂。他的一幅人体摄影艺术照片获得了全国金奖。老黄成了名人。然而，死神也来敲老黄的门。这次获奖不久，老黄还有许多事要做的时候，他病倒了。在我们这里，一名艺术家病了，死了，只有圈子里的人来看看、送送，很少或者说根本就没有过市一级的领导来看望过。有一天，部长居然就找到了老黄家，居然就看望了老黄，居然还说了那么多鼓励与安慰的话。老黄感动得掉泪，在场的人也有偷偷抹眼睛的。

我心里就想，跟上这样的领导，算是咱的福气。不是有这样的说法吗？早年有双好父母，中年遇个好领导，晚年有群好儿女，谓之人生三大幸事。没想到三大幸事之一居然就让自己碰上了，真是三生有幸，前世修来的造化，祖上积的阴德，用现代科学的术语，算是遇到了好机会。

在下乡的车里，我们有一句没一句地闲聊着。部长不爱多说，但从他坚毅的眸子里，我能读出他内心世界的丰富。这种坚毅在一年后为我们文联争取办公用房中得到了印证。那是2002年的夏天，部长刚从北京中央党校学习回来，当他了解到文联办公楼是座危楼，在连阴雨天里泥皮跌落出现裂缝渗漏后，在文联呈递的报告上写下了"人命关天，特事特办"的批示，并亲自到有关部门去为文联"求情"。当有些工作人员办事推诿时，他进行了严厉的批评。在他和其他领导同志的共同努力下，文联终于搬出了散发着霉味、夏天喝不上水、冬天用不上暖气的危楼。想到这些，我从心中感谢我们的部长。

我们这次下去，主要是检查指导农村"三个代表"学教活动的开展情况。那天下着蒙蒙的细雨，时间已经是秋天，气温开始转凉，坐在屋里已有了些许寒意。我们从乡里到村里，又从这个村走到那个村，一直走了三四处地方。

在盂县仙人乡一个小村子里，他与村干部座谈时又讨论起了致富问题。村干部想在村里种一些经济作物如核桃什么的，部长就问他们当地的气候，问当地现在有没有核桃树、生长状况如何、每年的产量怎样等等，并当即决定，为他们联系市里的农林部门，解决苗木问题。后来，我了解到他果然让部里的人召集了有关专家到那里进行了实地考察，并送上了村里需要的苗木。

座谈会后，他又到村民家中察看"旱井集雨工程"。看人家的水窖，走进厨房拧开水龙头，接了半瓢水窖水尝了一口，笑着说："挺甜哩。"主人赶紧制止，说不能喝生水，喝生水要肚疼哩。他笑笑，说："没事儿，咱打小就有锻炼。"

走在泥泞的路上，村干部和那家主人送出门来，又送到村口，直到送上汽车才恋恋不舍地挥着手，与我们告别。那时，天色已经暗了下来，等回到市里，天已经全黑了。

这次下乡同样给我留下了深刻印象。遗憾的是，他已经不再担任我们的部长了，他现在已升任了市委副书记兼市纪检委的书记。他现在正忙着抓行业风气的整顿，在全市开展评优评差的"双评"活动哩。

部长姓林，叫玉平，名字挺清秀的，却是个大老爷们。

赏析

散文的一大特点就是"形散而神不散"。

所谓"神",就是中心;所谓"形",就是材料。可以说,作者的这篇文章,是对散文特点的最熟练驾驭。

作者围绕"林部长"这个人物,用三个事例表现人物的性格。

用"书中认识",表现"知识丰富";用"电梯相遇",表现"平易近人";用"陪同下乡",表现"务实能干"。

作者用纪实的手法,用写散文取材的方式,把一个在基层工作的"县委书记",到一个地级市的"宣传部长"的好干部形象,呈现在广大读者的面前。

叙事之中,紧扣人物性格;点睛之笔,建立在翔实的叙事之中。这样取材,这样写人,才能给读者留下真实、鲜活的印象。

作为这篇文章的赏析者,当我的眼睛定格在文章的结尾才出现的部长的名字时,眼前立刻浮现出笔者与林部长交往中的一件小事:

那是2006年,作为阳泉市推荐的省人大代表,我和林部长认识了。一次聊天时,我说每逢过春节很想看"阳泉春晚",就是要不到票。没有想到临近春晚的时候,他派工作人员把票给我送到学校,拿到票的心情和作者在电梯中遇到脱口说出他名字的部长时的心情几乎是一样的——感动与敬佩。

当一个人的美德感动他人时,他人就会启动情感的笔墨写出这样一位可敬可爱领导干部的形象。亲爱的同学们,在生活中你一定会遇到许多触动你情感激流的人与事,不妨像作者一样用手中的笔,去讴歌社会主义所需要的正能量吧。

(董美玲)

在高长虹故居前

一

那天，当我领着山西作家"红色之旅"采风团的领导和朋友，再次站在高长虹故居前，望着眼前早已破败的老屋的时候，我生出了无限的感慨。

高长虹的故居在山西盂县孙家庄镇西沟村。西沟，以前归清城镇，前几年撤乡并镇，清城作为镇的历史就此终结了。其实清城是个古镇，是盂县通往阳泉的必经之地，在那里曾经建立过红24军。如果要打造文化品牌的话，清城真应该保留下来。然而，同许多历史的误会一样，清城镇的历史终结了。西沟的历史也面临着危险，因为这些年挖煤，村下面已经空了，早几年就说要迁村，但始终停留在口头上，大概煤老板怕花钱，所以，一直也没有迁。于是，高长虹故居虽然破败，虽然风雨飘摇，居然还在，还能让这些寻找历史真相的人们有所寄托，有所期待，有所念想。

高长虹故居前没有铭牌，也没有任何标记，靠村里人的指认，我才再次找到它。从清城村穿过去，往西不远就是西沟。村子建在沟的两旁。从一片玉茭地里走下去，来到沟里，一眼便见。那片老屋建在沟西边上。虽然岁月剥蚀，但往昔的繁华依稀从那些磨砖对缝的建筑上，可以感受到一二。从东边院门进去，有一处院落，还住着人家，好像是高长虹的本家。从这个院子西边小角门往西，就进到了高长虹的出生院落。继续向西，还有一户人家。这三个院子，过去都是高家的。中间是高长虹父母亲曾经居住的地方。

高长虹就出生在这个院落下院的一间靠东的小屋里。院子坐北朝南，正屋是依土崖掏成的窑洞，分上下两层。上层是阁楼，原系高读书的书房。院子是四合院形制，西屋已经倒塌，南屋早已成为空地，现在依然立着的是东屋、正屋，只是窗棂已经腐朽了。院里的梨树依然茂盛。这时是初秋，满树的果实似乎对眼前的一切无动于衷，洋洋得意地生长着。天上飘下些雨丝，凉凉的，给人一种秋的凉意。虔诚的拜谒者，站在这老屋前，感叹着岁月的迅忽，同时也感叹着历史的健忘。

作为这次活动的东道主，我向客人简单介绍了高长虹。我似乎很激动，因为高是我的老乡。在阳泉，在现代文学史上，曾经产生过两位重量级人物，一位是高长虹，还有一位是石评梅。对于后者，许多人不但知道，而且能说出许多的故事，最动人的，就是与高君宇的爱情故事。

2007年，在各方的努力下，阳泉文联发起成立了高长虹研究会，从那时开始，研究高长虹才从无组织的状况走向了有组织的学术之路。可以说，这个研究会，或许是全国唯一一个以高长虹为研究对象的组织。有人曾问我，你为什么要研究高长虹？我说，不为什么，为还原历史的真相。是的，我们有责任让一个在历史上为国家、为民族、为人民做出贡献的人，堂堂正正走进历史。

那个为了民族独立、人民解放，游历数个国家寻求救国真理，又拒绝国民党利诱拉拢，毅然徒步奔向延安的人；那个从西沟走出，再不回头的人；那个发起成立"狂飙社"，并使其绝大部分人走向革命的人；那个敢于坚持真理、不屈服于权威的人，永远地走了，走向了他所向往的世界，甚至没有留下尸骨，甚至不明死因，甚至没有想过要洗清泼在自己身上的脏水！

高长虹研究会成立后，我第一次来到西沟，为保护故居而来，然而数年过去了，我并没有为保护它做什么工作，甚至连一个文物保护单位都没有跑下来。

站在雨中，站在高长虹故居前，我无限感慨：为什么高长虹还是个"禁区"呢？我悲从中来，一任雨水从头上浇下来，淋湿我的头，淋湿我的肩，甚至淋湿我那颗滚烫的心。

二

这次是陪同上海鲁迅纪念馆的研究室主任、研究馆员李浩先生参观。李先生是从上海专程赶到山西参加一个活动的，他提出专门参观一次高长虹故居。在此之前，阳泉市文联拍摄记录高长虹生平的大型文献片《狂飙为我从天落》，曾经得到过上海鲁迅纪念馆和李浩先生的大力支持。由于有这样一段机缘，我们的距离一下子就近了。前一天，《狂》片制片人郭贵龙将李先生从车站接到了宾馆，导演王伟专门从阳泉赶到太原，与郭贵龙一起接待了李先生。次日一早，李先生从太原动身直奔盂县高长虹故里，阳泉高长虹研究会常务副会长张炜生和副会长，同时也是《狂》片撰稿人的郭祯田从阳泉赶赴盂县，在高长虹的家乡——盂县孙家庄镇西沟村等待。

在中国文学史上，高长虹是个绕不过去的存在，他在20世纪二三十年代发起成立的"狂飙社"，是当时人数较多的大社团。过去——甚至到现在，高长虹一直背着许多"恶"名声，对于不明真相的人，起着误导的作用。好在通过研究者的多年努力，许多历史的真相被揭露出来，原来这是一个大"冤案"！是几个仰仗着鲁迅鸿名而发达的文人刻意捏造出来的"事实"。

好在高长虹研究会成立以来,我们出版了《高长虹全集》《高长虹精选集》《高长虹研究文集》《狂飙社纪事》等书籍,拍摄了大型文献纪录片《狂飙为我从天落》,并获得了国家和省级奖励,帮助西沟村建立了"高长虹纪念馆",开展了一系列研究和纪念活动。通过这些工作,基本上还原了高长虹的历史本来面目,推动了高长虹这一地方文化品牌的打造,也进一步提升了高长虹的正面影响力。

说来也是巧合,上次参观是个雨天,雨虽然不大,但还是打湿了我们的衣裤。这次也是雨天,出发的路上,还是雨雾蒙蒙,可等到了村里,雨却停了,空气中湿漉漉的味道,给人一种清新与爽朗。这次与上次最大的变化,是有了"高长虹纪念馆"。李浩先生一到就参观纪念馆。他对村里这个小小纪念馆赞赏有加,认为很不容易,照片也比较全面,布局相对合理,尤其照片清晰度高,给他留下了深刻影响。

一面参观,就说到高长虹。他说,高长虹很了不起,有几点是别人做不到的。他说,高长虹一个人办一个刊物,还是周刊,这是很了不得的。他说,"高鲁冲突"就是一个误解,据专家考证,他的《月亮诗》是写给石评梅的。而这首诗却被人利用,挑拨了高与鲁迅的关系,使高背上了与鲁迅抢恋人的恶名。李先生站在《心的探险》这本书的封面照片前,指着照片说,这是鲁迅亲自为高长虹书设计的封面,这种"待遇",恐怕除了许广平,没有第二人有此殊荣了。你们应该出一本《高长虹画传》,就用鲁迅先生"心的探险"这几个字做书名,这可是鲁迅先生的亲笔啊!他说,鲁迅先生是很欣赏高长虹的,在《新文学大系》小说二集序里专门给高长虹写了一段话,这是个特别的举动,那是他们闹掰后的事,而小说二集里并没有收高长虹的作品,这不是很奇怪吗?!其实,鲁迅是通过这种方式,对高长虹的一种肯定和谅解。

从纪念馆出来,下一道坡,往西南一拐,就可以看到高长虹的故居了。正值秋天，雨后的庄稼挺拔多姿，村里行人很少，显得冷清而寂寥。村里张书记和村主任高三祖领着我们从东边的侧门进去，来到位于中院的高长虹故居。邻院的大嫂从屋里迎出来。她是高长虹侄孙媳妇，依然住在西面的院子里。高长虹的故居却淹没在一片蒿草中了。同行的村领导说，村子因地质灾害已经列入了拆迁范围，不久就要全村搬迁了，这个故居也不知能不能保住了。

　　我们都没有说话，这样的问题，不是我们能够回答的。

　　李浩先生执意从满院的蒿草中探身进去，想看一看故居屋内的陈设，因为房门上锁，我们没能进去。在屋檐下，李先生让人为他拍摄下照片，把记忆定格成了历史。或许，这样的文物，随着村庄的搬迁，将永远地消失了呢！

　　李先生说，高长虹很了不起——这是他好几次说同样的话了。高长虹虽然没有参加延安文艺座谈会，与毛主席谈话也有意见相左之处，但他是很革命的。李浩先生谈起高长虹，总是赞不绝口。狂飙社大部分人走上了革命道路，甚至好多人成为我党的高级干部；高长虹本人向往革命，徒步走到延安，这个不是谁都能做到的！老舍先生没有去延安，巴金也没有去，甚至一起帮助鲁迅先生办《莽原》的李霁野先生也没有去。高长虹不留在国统区，去了解放区，有这样"堕落"的文人吗？在与毛泽东谈话后，高长虹主动去东北开展工作，谁让他去的？李先生自问自答说，肯定是党组织，这样的名人，中央不同意，他能去吗？毛主席不同意，他能去吗？他是毛主席、党中央派到东北开展工作的，这有错吗？只是高长虹身体原因，没有开展好工作，这是实际情况。

　　是啊，这是高长虹的错吗？！

　　院里的梨树在一个雨夜折断了一枝，树冠显得瘦小高挑起来。初秋的果实在微风中摇曳，一如当年的情状，人世间的悲欢离合、恩恩怨怨在它的见证下，显得有些沉重。雨已经停了一段时间，但天还是阴沉沉的。对于我们这些虔诚的拜谒者，除了感叹岁月的迅忽和历史的健忘，我们还能做些什么呢。

出门的时候，邻居大嫂送给李先生一串自家院里种植的葡萄，李先生一面品尝，一面笑说：你们山西不是正在发展旅游产业吗，高长虹就是一个大品牌。这葡萄就可以叫长虹牌葡萄，高长虹这个名片知名度是很高的，你们可以把葡萄加工包装好，放到网上，销路会蛮好呢！李先生说，你们不要笑，赶快注册商标，这个品牌发展潜力大着呢。

我们都没有说话。

我的脑子里全是关于村子搬迁的谈话，忽然就想起宋代苏轼的那首《西江月》来："世事一场大梦，人生几度新凉？夜来风叶已鸣廊，看取眉头鬓上。酒贱常愁客少，月明多被云妨。中秋谁与共孤光，把盏凄凉北望。"对于高长虹、高长虹故居以及高长虹研究的未来，我脑子里一片茫然。

赏析

作者两次陪同客人赴盂县清城西沟村参观高长虹故居，目睹高家破败、萧条、摇摇欲坠的老院，感慨万千，愤懑不平，悲凉而伤感。责备自己没有能力去保护这个文物。同时也庆幸对高的研究有了一些收获。功夫不负有心人！

第一部分文章开篇点题，直抒胸臆。站在高长虹家的老院前，见物生情，情不自禁。

叙述中自然议论，抒发作者的情感，表达作者为高长虹鸣不平的心声！

高长虹故居风雨飘摇，没有铭牌，没有标识，没有人重视，好在老居还在，这给后人寻找历史带来一线希望。让作者一行有所寄托，有所期望，有所念想。

方位词、数量词的运用，准确介绍了高家故居的结构，地理位置，如"四合院建制，西屋……，南屋……，高出生在下院一间靠东的小屋里。上层是他读书的地方"。不言而喻，高就是在这里学习，成长，成为献身革命的一员。

双关语的运用是该文的一个特点。"院里的梨树依然……，无动于衷，洋洋得意"，看似在写树，实则在抨击那些视高府惨状而不顾，任其一味的破败、倒塌的人。还有"雨从头上浇下来，淋湿我的头，淋湿我的肩，甚至……"两次写雨，更是在写心境。

排比句一气呵成，感情越来越浓重。那个为了民族独立，人民解放……的人，那个……那个敢于坚持真理……的人，还有三个"甚至"，高度赞扬了高长虹的英雄气概和大无畏的革命精神。再一次告诉我们高是值得研究、继承和发扬光大的，值得后人学习的。

作者把社会对待高长虹与石评梅的截然不同形成对比，反问句表达直接深入。

(石宝红)

红柳与梭梭

人们说到沙漠的植物，说得最多的恐怕是胡杨了。胡杨作为沙漠的灵魂，已经被人们说了多少年。胡杨，又称胡桐，系杨柳科落叶乔木。它生长在沙漠里，耐寒、耐旱、耐盐碱、抗风沙，有很强的生命力。俗话说"生而不死千年，死而不倒千年，倒而不烂千年"。其珍贵可与银杏树相媲美。

我这里不说胡杨，我想说说红柳和梭梭。

认识这两种植物，要感谢山西省作协组织的这次赴新疆采风考察。我们一行的主要任务是采访山西援疆工作，在行程中，我们不期而遇到了生长在沙漠中的红柳和梭梭。

其实，一到新疆，我们就与它们有了密切的联系，在援疆指挥部为我们接风的酒宴上，就有一道独特的、具有新疆特色的食品——烤羊肉串。与内地不同的是，羊肉不是用竹签或铁钎，而是用红柳枝条串起来的。可惜我是素食主义者，对一切的肉食没有什么兴趣，没有这样的口福，没有机会去品尝，据说，味道确实与众不同。

资料上说：红柳又称乌柳、怪柳，属红柳科灌木或小乔木，通常2至3米高，分枝多，枝为紫红色或红棕色，叶呈披针形，蒴果为长圆锥形。红柳3月中旬开始萌发生长，5月下旬开始开花，6月下旬开始结果，7月上旬开始成熟，种子很小，每克约有6万粒。

红柳根系发达，植根深入土中，可接地下水，最深者达10余米。

侧根多水平分布，很广阔。它同样耐旱、耐热、耐沙埋、耐风蚀，寿命达百年以上。

在席间，我专门试了试，红柳的木质特别坚硬。当地人说，红柳的嫩枝是骆驼的好饲料。据说，其嫩枝和绿叶还能治疗风湿病。藏族老百姓称它为"观音柳"或"菩萨树"。在说到红柳的时候，有人说到了梭梭。说梭梭下面生长着一种植物，叫肉苁蓉。肉苁蓉我是知道的，因为我上学的时候，学的就是中药材，肉苁蓉是一种补肾阳、益精血、润肠通便的药材，一般中药店都有销售，我怎么会不知道呢？

由于和自己所学专业有了联系，我就很想一睹红柳和梭梭的容颜。这个愿望悄悄埋在心底，一路走，一路想，这次倘若有机会，我一定要见识见识这两种生长在沙漠中的植物。

机会终于来了，那天，我们小组一行七人，在新疆生产建设兵团农六师红旗农场等待与另一路采访小组汇合的时候，有时间在北庭沙漠生态景区逗留了几个小时。正午的太阳火辣辣烤在头顶，我们一行吃过午饭，决定到古尔班通古特沙漠看看。据主人介绍，他们正在打造一处旅游景点。那里先后修建了别墅、蒙古包、沙漠游泳池、沙滩排球场、沙滩足球场、沙滩羽毛球场等设施。

那就去看看吧。北庭沙漠生态景区在距离场部四厂湖镇18公里处，乘车几十分钟就到了。主人很热情，给我们介绍说，在北庭沙漠生态景区，我们可尽情领略神奇的大漠风光，造型各异的沙丘有的像金字塔、有的像驼峰……绵延望去，沙海波浪十分壮观。要是骑上骆驼进入沙漠腹地探险旅游，说不定还能看到"海市蜃楼"的奇观。如果不想多走路，也可以下到沙滩的游泳池内畅游一番，或者把身子埋在沙里做做"沙疗"。

说的我们心里痒痒，急欲一观沙漠的无限风光。车很快就到了目的地。说是景区，其实地方并不大。在沙漠的边缘，在一片沙枣林北边，有一处停车场，过了停车场，路过一个不大的游泳池，就到了沙漠里。

一眼望去，不见边际，这里就是古尔班通古特沙漠了。它位于新疆准噶尔盆地中部，是我国第二大沙漠。和塔克拉玛干沙漠不同，它不是那种寸草不生的流动沙山，而是固定和半固定的沙丘，沙丘上就生长着红柳、梭梭和胡杨，沙漠下，有蕴含丰富的石油资源。一面往沙漠深处走，就见到了神往已久的红柳和梭梭。

与我的想象不同，这是两种并不十分起眼的植物，特别是梭梭，更是灰不溜秋，小的幼苗几乎看不到成活的迹象。陪同我们的同志说，这是去年刚刚栽种的小苗，你细看，它又尖又细稍微有一点绿意的芽，就是它的叶子。同行的朋友按照陪同的指点，再大一些的梭梭上折了一点叶子，果然里面有饱满的水分。陪同说："梭梭下面就有寄生的肉苁蓉。"于是，我们急忙在它下面寻找。陪同却笑了："这里哪有啊？有也早让人挖去了"。他告诉我们，现在政府禁止采挖肉苁蓉，因为会破坏沙漠的环境。挖一株会损坏好几株梭梭。梭梭死后，沙漠就会失去保护。我们问：是不是现在就没人采挖了呢？陪同再次笑道，怎么可能，那些见利忘义的人就靠采挖发财，他们怎么会停止采挖呢！

陪同说："近年来，我们红旗农场采取措施，大力保护沙漠生态植被，在沙丘上栽种了近1000万株梭梭、红柳，在沙漠外围东西长约50公里的土地上种植了胡杨和沙枣。"是啊，沙漠在人的努力下，已经变得温顺了。陪同说，"到了夏天，这里郁郁葱葱，就像一道绿色的长廊"。

我们走了一段有水泥板铺就的临时路，再往里就是彻底的沙丘了。没有水泥板，走路就艰难起来了。我们大家就或站或坐在一处较高的沙丘上，一面拍照，一面感叹大自然的神奇造化，有一种不虚此行的感觉。

　　面对沙漠里吹来的热风，我的心也很不平静，我在想：生活在祖国边陲的兵团人，不也像这红柳和梭梭一样吗？没有显赫的名声，没有多高的待遇，索取的少，回报的多，如果没有他们的坚守，新疆的建设能有今天的成就吗？！但我也有一丝的担忧，贪婪的人们会不会再把这里变为寸草不生的荒漠呢？

赏析

　　一篇作品能否给人留下较深刻的印象，关键在于作品是否有特色、有新意。文章由胡杨树谈起，笔锋一转写红柳与梭梭，设置悬念，引起读者阅读兴趣：难道能和"生而不死千年，死而不倒千年，倒而不烂千年"的胡杨媲美？我们一起随着作者的行踪了解红柳和梭梭："一到新疆"品尝红柳枝条串起来的烤羊肉串，"味道确实与众不同"；于是，"我就很想一睹红柳和梭梭的容颜"；在北庭沙漠生态景区逗留了几个小时，往古尔班通古特沙漠深处走，就见到了"神往已久"的红柳和梭梭；两种"并不十分起眼"的植物大力保护沙漠生态植被，让我肃然起敬。由此，让我联系到像红柳和梭梭一样的默默保卫新疆的边陲兵团人。

　　作者写去新疆所见所闻所感，文章形散神聚，说明红柳与梭梭的特点、用途，描写红柳与梭梭长势和景观，总结红柳和梭梭的象征意义，歌颂那些没有显赫名声、没有丰厚待遇、奉献自己造福他人的边陲兵团人。如果没有他们的坚守，新疆的建设能有今天的成就吗？做到景物的描写融化到人物性格中去，作者没有丰富的生活体验，没有对生活的热爱，没有一颗虔诚的心是难以意会、言传的。文由心生，文中时时处处都能感受到作者满满正能量，并处处留心传播正能量，即使是微不足道的景物他也能挖掘出如胡杨般神奇的魅力，值得推荐赏读。

(李银花)

垴上寻春

到了春天这个季节，总有一些梦会发生，就像人的青少年时期，每个人对未来都充满了憧憬。春天其实就是做梦的季节。现在，又到了春天，在我，其实已经过了做梦的年龄，可童年时期梦的影子，有时不免也会随着季节的转换而萌动起来，让心中荡起层波，仿佛这梦要活起来的样子，让人升起几缕闲愁。

消闲解郁的最好办法，就是走出家门，到大自然中去。尤其应该回到乡下，那里不但有清新的空气、清澈的泉水、清脆的鸟鸣，更主要是那里有童年的欢乐、童年的记忆、童年的梦境。那么，就到乡下去吧，到乡下去寻找自己早已失落的梦的影子，或许，我们会寻有所得。

恰巧，就有朋友从乡下发出了呼唤。作家高明远先生邀请到孟县仙人乡去，说乡里计划搞全域旅游，邀请了一些文朋诗友去，一方面感受一下乡村美丽的人文自然景观，同时也为他们出谋划策献点高见。高见自然谈不上，但感受乡野风光却是必要的。这样，就有了这次的寻春之旅。

古人寻春的诗句很多，唐朝的，宋代的，知名的，不知名的，看来对春天的憧憬，古人与今人思想情感也没有太大的区别。唐朝诗人白居易就有好几首寻春的诗，如《东城寻春》"东城春欲老，勉强一来寻。"孟浩然也有寻春的诗句："二月湖水清，家家春鸟鸣。林花扫更落，径草踏还生。酒伴来相命，开尊共解酲。当杯已入手，歌妓莫停声。"(《春中喜王九相寻（一题作晚春）》）按说，宋代大文学家苏轼属于豪放派诗人，这种闲愁心绪不应该浮上心头，谁想，他也有寻春的雅兴："卧闻百舌呼春风，起寻花柳村村同。城南古寺修竹合，小房曲槛欹深红。"(《安国寺寻春》）如此说来，自己学一回古人，遣怀寻春，也是可以理解的雅趣了。

那就到乡下寻一回春去。这样就来到了垴上村。

垴上村地处盂县东部山区，距县城30公里，紧邻314省道，交通便利。村庄依山而建，坐北朝南，现有130户348人。这是个古村，据说早在东汉初就有人居住。但更早的遗存我们已经找不到了，能看到的历史，已经到了明、清时期。在我看来，明清时期的建筑也已经很少了，更多的是当年学大寨时期修建的石窑洞。这些石墙青砖瓦房，典雅秀气，造型别致，氤氲着历史的气息，让人感受到时间的缓慢行迹。

我们进村的时候，已经接近中午。沿着缓缓向上的水泥路面，拐过一道山湾，来到村庄的一处平地上。这里是村民乘车的乡村车站，已经有村人在这里等候。整个村庄似乎还沉浸在春节的氛围中，火红的灯笼挂在层层叠叠的街道上，五彩的旗帜插在村街的两旁，灯笼和旗帜摇曳在春风中，给人一种温暖的感觉。

沿着鹅卵石和石板铺砌的道路一路行走，我们来到村委会院子里。这里有老年日间照料中心、阅览室、浴室、书画展室和多功能活动室，设施很新，有一点新农村的味道。也许这主要是供人参观的，利用率不一定高，凭我对农村的了解，这样猜测。

我们的目的不是这些供各级领导表扬的场所，我们更在意这里保存完好的石碾、石磨，更在意这里盘根错节、遒劲古朴的古柏、古松，更在意这里曲径通幽、古朴自然的石窑、石洞。这是旅游必不可少的资源，是城里人大开眼界的参观载体。

搞旅游要有资源，这是人所共知的常识，垴上村有什么旅游资源呢？我们匆匆的一次行走，对它还是留下了颇深的印象。这里地处河谷，四周高山林立，森林茂密。村前的石人山巍峨壮丽、梯田如画；村后的大垴山婀娜多姿，葱郁可爱。从村里展览的照片上，我们看到了它一年四季的身影。春季，山坡上桃花盛开，漫山遍野，似炎似火；秋日，红叶满山，层林尽染，分外夺目。葱郁的草木、良好的气候、清新的空气、无污染的水源，形成了以山水风光为主体的乡村自然生态旅游景观。

据介绍，垴上村现有龙王庙、观音寺、灵泉寺、老龙庙、五道庙等众多历史文化遗存。每逢庙会，人们聚集一处，进献供品、举行仪式。过去，每年春秋两季，还要举办各种类型的"春祈秋报"祈雨酬神仪式。村内还有很多年老的武术社火艺人、戏曲艺人等，技艺精湛，代代相传。据说剪纸、绣花等民间工艺后继有人，传承有序。我们在村展室，就见到了谢变莲的剪纸作品，确实有继承，有创造，完全可以开发成旅游工艺品。

其实，垴上村是典型的纯农业村。村民的主要收入是种植业，辅之以核桃等经济林种植。全村耕地1022亩，林地650亩。其土特产有红薯、花椒、核桃、黑枣、柿子、红枣、苹果、梨、葡萄等，其中尤以红薯为最，是农产品地理标志保护产品。垴上红薯品质优良，2011年获得了无公害农产品认证。2014年，垴上村建立了百亩红薯基地，并请农业专家来村指导红薯种植，请专业人员设计产品包装和商标。有这样的优势，他们成功举办了"红薯采摘节"，通过多家媒体的宣传报道，有了一定的知名度，红薯基地的农业采摘也成了他们的一项特色旅游项目。吃红薯，赏红叶，已经成为垴上村致富的一条新门道。

宋代诗人杨万里的《二月一日郡圃寻春二首》之一首道："中和

节里半春天,一拂清寒半点暄。憔悴不胜梅欲落,娇饶无对杏初繁。"可我们到垴上的时候,梅花没有见,杏花更没有"初繁",你肯定会问,你是来这里寻春的,那春在哪里呢?

是啊,春在哪里呢?我也问自己。是在柳梢上吗?那一抹的新绿不是春的消息嘛;是在草丛里吗?那浅浅嫩芽不是春的萌动嘛;是在屋檐下吗?那双飞的燕子不是春的翼动嘛。是,也不是!我发现,真正的春天,其实在垴上人的期盼眼神里,在乡亲们殷殷的话语里,在村民们勤劳的双手里。

是的,是他们,创造了垴上这片灿烂的春光!

赏 析

散文虽散,却总有一个主题,所谓"形散神不散"。《垴上寻春》的主旨是对"春"的寻找。春天在乡村田野中是最容易体现的,也正有个机会去乡下。去之前,作者先从古人的诗中寻找,因为"对春天的憧憬,古人与今人思想情感没有太大区别"。白居易、孟浩然、苏轼的咏春诗中游览了一番后,作者的胸中已经春意盎然了,然后"学一回古人",到乡下"遣怀寻春"。

可是,作者的初衷与被邀请的原因似乎并不一致,这不一致自始至终成为文章的潜在冲突,以至于形成一个有趣的悬念和对比:作者一心寻找"春天"的味道,村子却为他们介绍老年日间照料中心、阅览室、浴室、书画展室、多功能活动室,新农村文化建设成就,龙王庙、观音寺、灵泉寺、老龙庙、五道庙等历史文化遗存,社火、剪纸、绣花等民间艺术,以及村子的农作物、副产品等等,这种阴错阳差使得"寻春"成了一种耿耿于心的奢望。作者引用杨万里的诗问自己:"你是来这里寻春的,那春在哪里呢?"

到这里，作者笔锋一转，用一个排比句，巧妙地将"春"展现出来："春在哪里呢？我也问自己。是在柳梢上吗？那一抹的新绿不是春的消息嘛；是在草丛里吗？那浅浅嫩芽不是春的萌动嘛；是在屋檐下吗？那双飞的燕子不是春的翼动嘛。"紧接着，作者自问自答："是，也不是！我发现，真正的春天，其实在垴上人的期盼眼神里，在乡亲们殷殷的话语里，在村民们勤劳的双手里。"到这里，应该结尾了，作者觉得还不够，又强调："是的，是他们，创造了垴上这片灿烂的春光！"

结尾的层层递进将文章的立意从自然层面上升到人文的高度，为"垴上的春天"找到一个更为有意义的诠释，也完成了"我"心中对春天的更高层次的寻找。

（寒月）

越霄寻古

越霄是座山，在盂县城东30里许的仙人村。《山西通志》记载，越霄山"高入云霄，群山莫京"。越霄山也称石城山或石崇山。这座山的奇特之处在于，它突然孤起，分黑砚水河与阴山河而立。站在山顶，眼界开阔，一眼望去，群山低首，村舍依稀，给人一种高接云霄、遗世独立的感觉。我登到山顶的时候，就曾经想起杜甫的诗句"会当凌绝顶，一览众山小"。是的，就是这种感觉，"一览众山小"的感觉。

如果说，就是这么一座山，在太行山的皱褶里，这样的山也太多了，有什么稀奇？况且，这就是一座石头山，山上又没有盖覆着高大茂密的树木，只有一些小小的灌木和生长在石缝中的杂草，光秃秃的，有什么好看？仅仅从它的孤起突兀来看，真没有什么看头，那我们为什么要看它呢？

我们看山不是目的，寻古才是原因。

"寻古"就是追寻古人的足迹，探讨这里所为何来的知名度和吸引力。我说过，它就坐落在仙人村北，或者说，仙人村就坐落在越霄山脚下。那么，仙人村总是有些来历的了！

乾隆版《重修盂县志·仙释》载："仙人村父老传，昔时有经生负笈求馆，村人款留，日与群蒙占毕，居所晏笑如常，夜则不知所在。乡人伺其去，潜尾之，至一洞口，回顾曰：'诸生福薄，缘尽此矣。'时明月皎洁，倏忽雷雨喷薄。次日寻其洞，遂迷。"这是仙人村来历的一种说法。

另一种则与民间传说有关。

其实，中国人的文学启蒙大都与民间故事有关，往往在很小的时候，老祖父、老祖母把那些已经流传了上千年的故事，一代一代继续流传下去，正是在这种听民间故事的过程中，我们接受了对文学的启蒙，进而热爱上文学艺术，并成为自己日后成长的营养。

最早听仙人的故事，就是我爷爷的讲述。

很早很早以前，有一个放羊的人，在山上放羊，天气炎热，他看到山腰处有一山洞，就钻进去纳凉。他把放羊鞭杆插在洞口，就进了洞。进洞里才发现，里面有俩白胡子老头儿正在下棋。俩人一边吃桃，一边走棋子。放羊人或许是真渴坏了，见人家放在石桌上的桃核，就捡起来放入口中滤汁。两位老者下完棋后，也不与他搭话，径自离开了。放羊人心想，也凉爽了有一阵子了，出去看看我的羊吧，也该回去吃午饭了。出洞来一提鞭杆，早已朽烂了。他还纳闷呢——这才顿饭工夫，怎么鞭杆就朽烂了呢？也罢，找我的羊群要紧。就扔下鞭杆，顺着来路，追寻羊群去了。一直追到村里，也没有什么羊群，倒是村子也变样了，他就问吃午饭的村民。村民们也不认识他，告他说，听老辈人说，有一个放羊的，羊群回来了，人却没回来，村里人找了好久，生不见人，死不见尸，那已经是好几百年的事了。他告诉村民说，我就是那个放羊汉，我就在山洞里待了顿饭工夫，舔了舔人家的桃核，众人一听，说那是遇见了神仙。放羊人豁然顿悟，告别村人，后来就不知到什么地方了。众人都说，他也成了神仙。

几十年来，我就有一种心愿，找一找那个山洞，寻一寻神仙下棋的地方，说不好自己有运气，也能遇到一个半个神仙呢！今天，这个叫仙人的村子，就是那个放羊汉曾经住过的村子，而越霄山的半山腰那个山洞，就是当年神仙下棋的所在。哦，哦，真是有意思，几十年来虚无缥缈的神仙，居然就在自己生活的土地上，这怎么能不让人激动呢！现在我们再看越霄山，是不是觉着它不仅有些神奇，而且充满了魅力呢？！

资料说，被称为古仇犹十景之一的"伏洞仙踪"就是越霄山半山腰的"龙宫凹"，内有一自然形成的溶洞，洞口有足迹为仙人所遗，故名"仙人洞"。洞深莫测，但闻水声潺潺，洞壁有宋仁宗皇祐五年（1053年）所造摩崖造像二尊，线条清晰，形象逼真。洞前建祠庙，内祀龙王像，名曰"龙王殿"。而今庙宇及塑像均已荡然无存了。山脚下的仙人村据说此前称为贾家村，20世纪一度曾改为"东风"村，然而，都没有仙人村令人神往，所以现在还是称为仙人村。

明代邑人高岱《仙人伏洞》诗云："磨罢铁杵已成针，虎伏龙降任啸吟，海外乾坤劳利复，壶中日月自升沉，溪头云锁迷踪品，洞口雨粘孕紫金。叶落空山虽远漫，瑶台有路可追寻。"清代盂县知县蔡璜亦有诗曰："仙客常游戏，千年志怪奇。几时重到此，北面愿相师。"

或许，古人对这类故事亦多有怀疑，神仙的有无，困扰着一代又一代的凡夫俗子，因为见不着，所以便产生向往，便有追寻的雅趣，便在怀疑中将传说传得更遥远。

对于越霄山，能说的还有它山顶的泰山庙和圣母庙，还有它几次云雾缭绕、救人于急难的传说，还有它上面的山寨等等。这些历经沧桑的故事，穿破历史的云雾，走到今年的春天，在乍暖还寒的春风中，继续着它对历史的记忆和对现实的描述。

"今人不见古时月，今月曾经照古人。古人今人若流水，共看明月皆如此。"这样的闲愁，终究是闲愁。站在越霄山顶，面对着古人曾经面对的山色云雾，我们能做的，就是用古人的诗句来抒发自己的情怀而已。

赏 析

有一种散文叫文化散文，也称"学者散文"。这种散文"在取材和行文上表现出鲜明的文化意识和理性思考色彩，风格上大多较为节制，有着深厚的人文情怀和终极追问"。这篇《越霄寻古》就具有明显的文化散文的特征，作者是在登山，但更多的是在寻找关于这座山的文化、追寻它的文化足迹。正如作者所说："我们看山不是目的，寻古才是原因。"

越霄山本身并没有什么特别之处，"山上又没有盖覆着高大茂密的树木，只有一些小小的灌木和生长在石缝中的杂草，光秃秃的"，但它紧邻的村子却有一个奇特的名字——"仙人村"。作者的"寻古"之旅，就从仙人村入手。

关于仙人村，先有乾隆版的《重修盂县志·仙释》的记载，后有来自爷爷的讲述，无论哪一个，都跟来无影去无踪的"仙人"有关，都涉及一个"洞"，即越霄山半山腰的"龙宫凹"。这个"龙宫凹"实际是个自然形成的溶洞，只不过经过数千年的文化渲染，被注入丰富的文化内涵。虽然洞壁的摩崖造像和洞前的龙王殿都已不再存在，但明代邑人高岱和清代盂县知县蔡璜的诗作，却让这仙气弥漫至今。加上山顶的泰山庙、圣母庙以及"救人于急难"的传说，更增加了这里的神秘气氛。所谓"山不在高有仙则名，水不在深有龙则灵"。

作者从文化的视觉关照越霄山的"古迹"，将理性的凝重与诗意的激情融为一体，对越霄山充满了冷静理性的思考和热情洋溢的人文关怀。

（寒月）

水占寻幽

在城里住久了,就会生出厌烦的情绪。满眼是人,满街是车,满耳是声歌喧嚣,满目是高楼林立,就想找一处僻静的地方,整理整理情绪,放松放松精神,亲近亲近自然。趁着这次下乡的日子,找一处安静的所在,不也是一种享受吗!

这样,就来到了水占。

水占是个村庄,我对这个村庄的名字一直充满怀疑。询问同行的向导,他们也说不出个所以然。后来,在朋友出版的一本书中,找到了依据。书上讲:"水占村地处东庄头东北十多里地的深山,光绪版《盂县志》称其'水嶂里',因西峰屏如刀削,凹部道如羊肠,岩石缝里清水长流,故名。"这就对了,否则单从字面理解,无论如何说不清这个小山村何以叫"水占"。朋友在书中说,民国年间,由谐音演变为"水占"。进一步探讨,"嶂""占"分别为后鼻音和前鼻音,怎么就演变了呢?了解盂县的人知道,当盂县人把本地方言转化为官话时,就会出现前后鼻音不分的问题。水占村曾经是抗战时八路军司法科所在地,八路军自然也并非全是本地人,盂县人为了方便与非本地人交流,就要说一点盂县官话,这样,"水嶂"就成了"水占"。当然,这都是我的分析,还没有得到资料的验证,一家之言而已。

水占村就镶嵌在盂县和平山县之间的大山里。我们去的时候,是从又到沟村翻山开车进去的,车子在山梁和山坳里颠簸,山下是陡坡和悬崖。我坐在车里,心却飞出了车外,一个颠簸,就是一声佛号。

真的怕怕的！大约走了一个小时，才从山顶下到水占村所在的山洼里。"却顾所来径，苍苍横翠微。相携及田家，童稚开荆扉。绿竹入幽径，青萝拂行衣。欢言得所憩，美酒聊共挥。长歌吟松风，曲尽河星稀。我醉君复乐，陶然共忘机。"李白的这首《下终南山过斛斯山人宿置酒》的诗，不知为什么就撞进了脑海里。当然，李白的"翠微"径在这里却并不美妙，那是怎样的险峻啊！

据说，这还不是很险峻的入村之路。

在朋友的书中，他们走的是另外的一条山路。"山路之陡，出乎我们的意料，不由得想起初中课本《老山界》中的雷公岩，笔陡的台阶如登天的梯子一般。大家相互鼓劲，相互拉拽，好在半个小时就登上崖顶，可临崖的羊肠小道仍然（让人）充满恐惧感。数十丈悬崖下公路蜿蜒，车辆穿梭，半挂大客车看上去犹如小卧车那么大。"我们没有这样的体会，但站在村前，望着下面的公路和对面的山崖，这种居高临险的感觉一点不比我的朋友们曾经的感觉差。如果你看过电视，知道郭亮村的话，这个村子就与彼相仿佛，唯一的不同，大概就是没有那样一条挂壁公路吧。

这是一个与世隔绝的村子。三面环山，一面临崖，是坐落在悬崖峭壁上的村庄。村子兴盛的时候，有两百多口人家，想象中，也是人声鼎沸、热气腾腾的日子。现在，我们只见到一位羊倌、一条大黄狗和一群羊。为了对这里有进一步了解，我们请了已经离开村子，在县教育局上班的李老师为我们讲解。李老师五十开外，干练精明，对村子的历史掌故知之甚多。

他说，这里最早是神仙住的地方。此言一出，大家先是一愣，继而释然——这地方可不是只有神仙能到吗！他说，村子里最早搬迁来的是梁姓人家，那时候，神仙还在，每到夜半，就能听到鼓乐笙箫的演奏，从山的南面一路走到北面。后来，有卦人相地说，这里是九五之尊所在之地，风水绝佳。李老师指着村对面的山梁说，那里有五道梁，对应着北面那棵黄楝树五个枝丫。黄楝树在咱北方很少见，只有这里才有。他说，村人为了保住风水，在村前筑起一道石坝。筑坝之日，村人夜夜听到哭声，风水先生说，你们在坝北修座庙吧。修庙之后，鼓乐声也没了，哭声也没了。李老师的讲解，让我的头皮一阵一阵发麻。

这还不算，他又讲了一个发生在抗战时的故事，更让人云里雾里，不知今夕何夕，此地人间天上。他说，当年，鬼子进村扫荡，追着村里一个姑娘直跑。眼看追到了悬崖边，就要追上了，姑娘心一横，眼一闭，就跳了下去。鬼子看看姑娘跳了崖，也便失去兴致，抢了东西离开了。躲在山上的村民看着这一幕，毫无办法，等鬼子走后，村里人商议，下去把姑娘抬上来埋了吧。正准备动身，姑娘却从下面自己走了回来。李老师甚至说，或许那姑娘现在还活着，当然是老大娘了——他小时候还见过。

只有这么偏僻的地方，才能产生这些离奇的故事。

在处处石砌的窑洞间，我们感受着历史的厚重和文化的传奇，在春日的午后，在一个叫水占的小山村里，终于寻找到了远离尘嚣的清净，童年的梦境就在这里再一次复活了。心说，可惜，就是太偏远了！如果，我是说如果，有好的路况，这里确实不失为一处旅游休闲的好去处。

赏　析

久居城市的人，常常厌倦了城市的喧嚣与嘈杂，只要有机会就逃离出来，去领略乡间的清新与简单，让身心放松。"水占"这一幽静之地正迎合了作家远离城市的些许诉求，一路上的惊险经历和充满玄幻的民间传说，使他在不同维度上实现了高度紧张之后的高度释压。

作者站在一个制高点，寻常中显示出不寻常的分量。尽管水占同不少村子一样，改革开放之后，随着农村人口向城市的家庭性迁徙，渐渐沦为空寂，但它同其他村子又不同，得天独厚的绝壁景观、登天般进村的路以及有些惊悚的传说，恰恰成了不可多得的优质资源，可以充分利用，进行文化旅游的开发。作者说："如果，我是说如果，有好的路况，这里确实不失为一处旅游休闲的好去处。"把深山中的美景介绍给读者，推动当地文化旅游的发展，是走出来的知识分子对家乡的深情关照。

关于村子的文化，作家还有另一种开发，即对村名来历的深入挖掘。作家甫一听到村名，就对"水占"产生疑问，闹不清水占村位于悬崖之上，何来很多的水，而取名"水占"？同行的向导也不知究竟，他便去查书，得知"光绪版《盂县志》称其'水嶂里'，因西峰屏如刀削，凹部道如羊肠，岩石缝里清水长流，故名"。之所以由"水嶂"成为今天的"水占"，应该跟盂县本地居民的口音有关，当地居民读"zhàng"，外地人听来就是"zhàn"。

这篇不足两千字的短文以平实质朴的语言、理性的思考与探究，将村落的文化、历史、自然融为一体，推介出来，在波澜不惊的节奏中演绎了人与社会、人与自然的深层次对话，从知识分子的视角审视回归自然的生命体验和情绪体验，彰显出真挚的情怀与真切的感动。

（寒月）

第二辑 佇思

学会感恩吧！

尽管我们不可能对每一个曾经帮助我们的人都给予回报，但至少我们在内心深处要为他们留下回忆的空间，留下感激的影子，留下一丝无以回报的愧疚。

只有感恩，我们才能得到更多人的支持和帮助；只有感恩，我们的社会才会更加和谐，更加健康。

心中的雪

今冬无雪,就特别期盼着下雪。每天早晨起来,我的第一件事就是到窗口向外望,外面依然是晴朗的天,一点下雪的迹象都没有。有几回,天灰蒙蒙的,就要下雪的样子,等了一整天,等到晚上,还是没有落下一片雪花来。满天浑黄的光,预兆着这个晚上似乎就要落雪了,第二日到窗前一看,居然又出了太阳。

世上的事往往就这样,你越想要的时候,越不一定能得到;有时在不经意间,你并没有想要得到,它却悄然地来到了你的身边。对于今冬的雪,就是这样,越盼,它却离我们越遥远了。

这雪只好落在我的记忆里了,思想中的雪居然片片段段落了几千年——

我不知为什么就想起老子来了。老子就是老聃,姓李,名耳,字伯阳。《史记·老子韩非列传》上说"老子修道德,其学以自隐无名为务。居周久之,见周之衰,乃遂去。至关,关令尹喜曰:'子将隐矣,强为我著书。'于是老子乃著书上、下篇,言道德之意五千余言而去。"我一直觉得,老子从函谷关走的那天,是个下雪的日子。关令尹喜站在关楼的堞楼上,眼前是漫天的大雪,纷纷扬扬,罩着天地一片洁白。关外,骑着青牛的老子渐行渐远,最后浓缩成一个小小的黑点,从关令的视线中消失了。走了一个人,一个智者,一个中国哲学的开创者,留下了一部书,一部《老子》,一部智者对世界、社会、人生的精辟见解。多少年来,我的眼前一直飘飞着数千年前的那场雪，和那雪里的黑点，那是老子的青牛。他们都消逝在了历史的记忆里。

历史的雪就这样一路下起来，下到了汉武帝的时候。那是公元前100年时的雪，那雪一下就是19年。那场雪和一个人相联系，他就是苏武。苏武牧羊的故事我们说了几千年，到现在都说不厌。为了国家的平安，苏武拿着使节和与匈奴媾和的国书，一路来到边地。由于意外，匈奴单于扣留了他，他就以死相搏。单于很佩服苏武的骨气和视死如归的精神，想软化他，就把他关在地窖里，不给吃喝。北方的冬天寒风刺骨，呼呼的西北风卷着鹅毛大雪下个不停。苏武渴了，就抓一把雪塞进嘴里；饿了，就扯一把毡毛大嚼。一连几天，苏武居然没死。匈奴单于拿他没办法，又不忍心杀他，就把他流放到现在的俄罗斯西伯利亚贝加尔湖的北海边去牧羊。并说，除非公羊下了小羊，才送他回汉朝。北海边的雪足足有一尺厚，苏武白天放羊，晚上就抱着羊和使节睡觉。春来了又去，冬去了又来。直到公元前81年春天，苏武才结束了苦难的囚禁生活，回到了阔别多年的长安。回来的时候，他已经从40来岁的中年汉子，变成了头须皆白的老头了。

历史的雪呀，总是和反抗与斗争相伴生，总是和边关与苦难相联系。在唐朝诗人骆宾王的笔下，刺秦的荆轲告别太子丹时，也是一个雪天："此地别燕丹，壮士发冲冠，昔时人已没，今日水犹寒。"在《白雪歌送武判官归京》中，诗人写道："北风卷地白草折，胡天八月即飞雪。"这时写的却已经是唐朝时的边关之雪了。"将军角弓不得控，都护铁衣冷难着。"唐朝是我国历史上辉煌的时期之一，但局部的战争依然难以避免，特别是在北国的边疆，外族的侵扰经常不断，于是在诗人岑参、高适等人的笔下，我们总能够听到呼呼的北风，听到雪夜的厮杀，听到马踏积雪发出的嘎吱、嘎吱声。重读那些带血带泪的诗句，我们似乎回到了李唐王朝，与那些战斗在冰天雪地里的将士们正在一起"饥餐胡虏肉,渴饮匈奴血"。我们仿佛就是守边的英雄,我们为有我们的守卫使国家安全而自豪和骄傲。这时的雪,已经融入了民族的血液,化成了那个时代的精神印记。

这样的雪下到元代,就不按时令了。六月里居然也落下了雪花。那哪是雪花呀,那是蒙冤人的血啊!关汉卿为我们塑造了一个不畏强暴、敢于反抗的艺术形象。窦娥的一腔碧血,是对封建社会的血泪控诉啊。每当看这一折戏的时候,我的身上就不由自主地发起冷来,我知道,这冷是从心底发出的,它是一种对戏剧主人公的深深的同情和对当时社会的无限遗恨。

雪是历史的,也是具体的。《水浒传》中,我们领略过林冲"风雪山神庙"外的大雪。当时,那雪下得正紧,林冲扛了枪,挑了酒葫芦,一步一步向梁山走去。那是手刃仇人的快意和有志难伸的愤懑交织在一起的雪,那是无奈和无望混合在一起的雪,那是大爱、大恨、大悲、大喜的雪,那是塞满天地、塞满胸膛的雪。那雪已经不再是雪,而是有了人生情感的象征物。当然,我们也记得《红楼梦》中的雪,那是白茫茫大地真干净的雪,是经过了人生的喜怒哀乐后大彻大悟的雪。

其实,雪带给我们的并不全是苦难和冤屈。在诗人的篇章中,雪是很美的精灵。卢梅坡就说:"有梅无雪不精神,有雪无诗俗了人。日暮诗成天又雪,与梅并作十分春。"

我又想起禅宗二祖慧可大师来了。慧可原名神光。《指月录》上说:"值大雪,光夜侍立,迟明积雪过膝。"达摩祖师问他,你站在雪中,想求什么事?神光流泪,说愿求佛法。祖师说:"诸佛无上妙道,旷劫精勤,难行能行,非忍而忍,岂以小德小智轻心慢心,欲冀真乘,徒劳勤苦。"神光听后,觉得自己的虔诚还不够,就抽刀断臂,终于打动了达摩的心。这时的雪,成了决心的见证。同样的例子还有

"程门立雪"的事。朱熹的《朱子语录》记载，"游（酢）、杨（时）二子，初见伊川，伊川瞑目而坐，二子侍，既觉，曰：'尚在此乎？且休矣！'门外雪深一尺"。伊川就是程颐，后来就有了"程门立雪"的成语。用来比喻求学心切和对有学问的长者的尊敬。"卓彼文靖公，早立程门雪。"宋诗人谢应芳的诗，记录了这段与雪有关的故事。

雪借了诗人的笔，飘了几千年。忽而是金戈铁马的"欲将轻骑逐，大雪满弓刀"，忽而是小桥流水的"窗含西岭千秋雪，门泊东吴万里船"；忽而是边塞的"雪拥蓝关马不前"，忽而是江南的"雪里吟香弄粉些"；忽而是"燕山雪花大如席"的夸张，忽而是"梅花欢喜漫天雪"的比喻。诗人的气质决定着吟雪诗的恢宏和轻灵。"北国风光，千里冰封，万里雪飘……""飞起玉龙三百万，搅得周天寒彻"。只有一代伟人毛泽东才有这样的气度和胸怀，才有这样的诗情和诗才。而在夏丏尊的笔下，雪却是淡淡的一段情愫："下雪原是我所不憎厌的。下雪的日子，室内分外明亮，晚上差不多不用燃灯，远山积雪，足供半个月的观看，举头即可从窗中望见"（《白马湖之冬》）。

国外的雪不知如何，雪莱的诗我读过几首，他说到过在阿尔卑斯山上的积雪。现在，美国正遇到雪天，不仅是雪天，而是雪灾，有上百人被冻死了。日本也是下雪的季节，也有几十人在这漫天的洁白中走向了天国。

雪啊，你是雨的精灵，你带着远古先人的悲欢离合，你承载今人的喜怒哀乐，你在人们不经意的时候来到人间，你带来农民对丰收的期盼，你带来城里人对浪漫的渴求，你带来孩子对未来的期待，你带来老人对生活的感悟……你的到来，让这个世界变得更加纯洁，更加干净，更加洁白。

今冬无雪，但在我心中，今冬的雪下得比往年任何时候都要及时，都要大。

● 赏 析

　　世上的事就是这样，你越想要的时候，越不一定能得到；有时在不经意间，你并没有想要得到，它却悄然地来到了你的身边。

　　雪也是这样。外边无雪，这雪落在作者的记忆里了，思想中的雪，居然片片断断落了几千年。

　　雪和与雪相关的历史故事，成为作者思想中两条平行线。沿着这线，作者想起了老子，老子从函谷关走时是下雪的日子，留下了《老子》一书。雪下到汉武帝时，有了苏武牧羊的故事。

　　作者认为，历史的雪呀，总是和反抗与斗争相伴生，总是和边关与苦难相联系。刺秦的荆轲告别太子丹时，也是一个雪天。唐诗人岑参、高适的笔下，听到呼呼的北风，听到雪夜的厮杀，似乎回到了李唐王朝。雪下到元代，六月夏时，居然下起了大雪，引出了关汉卿的窦娥千古奇冤。

　　作者感悟，雪是历史的，也是具体的。《水浒传》中林冲夜奔，风雪山神庙，雪成了具有人生情感的象征物。《红楼梦》中的雪，经过了人生的喜怒哀乐，大彻大悟。

　　作者觉得，雪带给我们的并不全是苦难和冤屈。在诗人的篇章中，雪是很美的精灵。雪借了诗人的笔，飘了几千年，直到一代伟人毛泽东的气度和胸怀，诗情和诗才。

　　作者感叹，雪啊，你是雨的精灵，你带着远古先人的悲欢离合，你承载今人的喜怒哀乐，你在人们不经意的时候来到人间，你带来农民对丰收的期盼，你带来城里人对浪漫的渴求，你带来孩子对未来的期待，你带来老人对生活的感悟，你的到来，让这个世界变得更加纯洁，更加干净，更加洁白。

作者说，"今冬无雪，但在我心中，今冬的雪下得比往年任何时候都要及时，都要大。"这是点睛之笔，肺腑之言。

本篇是作者借雪叙史，借雪怀古，借雪抒情，言辞恳切，情真意深。读来有趣，真实感人，掩卷长思，回味无穷。

（李玉玲）

感恩与愧疚

一直以来，想写一篇文章，写写关于感恩方面的意见。之所以有这样的想法，是因为在自己半生的经历中，曾经得到过许许多多人的支持和帮助。我想，在他们帮助我的时候，他们肯定没有想过回报，没有想过要对方的感恩。但在我，却不能就这样轻轻地忘却，理所当然地享受别人对自己的施与。

感恩在西方是一个节日，就叫感恩节。据说是纪念基督耶稣的。我不是西方人，对西方的风俗习惯不清楚，但设立这样一个节日，其含义却非同寻常，他让人们经常记着感恩，从小学会感恩，一生不忘感恩。我们是黄皮肤、黑头发的东方人，是炎黄子孙，那么我们就不需要感恩吗？

回答是否定的。在我还小的时候，我爷爷就曾经告诉我，"鸦有反哺之义，羊有跪乳之恩"。我当时并不十分明白，就问爷爷是什么意思。爷爷讲，你看乌鸦，当它小的时候，它妈妈哺育它，给它喂食。当它长大了，它妈妈也老了，再飞不动了，它就像它妈妈一样，找食喂它妈妈。这就叫反哺。羊羔在吃奶的时候，一定要跪下来吃。这就叫跪乳之恩。后来，等我长大了，读了书，才知道这两句话是书上的现成话。这本书是过去学生的启蒙读物，可见，我们的祖先也是很看重感恩的，要不，就不会留下这样的名句箴言。

我经常回忆自己的过去，据说，这是人开始变老的标志。我不怕老，老是人生必然要经历的过程，不但老是这样，连死也一样，每个人都不可能躲得过，我们何惧之有呢？但回忆，让我能经常想起在我的人生旅途中予以自己帮助的人和事。细细分析，这些人首先是我的父母、兄弟姊妹。我的父母将我带到这个世界上来，赋予我生命，抚育我成长，使我逐步成长为一个对社会有用的人。对他们的感激之情，是不可以用言语表达的。我的兄弟姊妹与我一起成长，在人生的风风雨雨中，相携相扶，他们的恩情也是不能用语言描述的。还有我的老师，从小学到中学，再到中专、大学，每一个求学的阶段，都有让我难以忘怀的师长，他们不但教我知识、学问，而且教我做人的道理，使我在跌跌撞撞的行进中，不至于走到生活的反面，走到歧路上去，走到不该去的地方——为此，我感谢他们！再就是我的朋友。朋友的友谊是一个人成长必不可少的润滑剂。我的朋友们，在我走过几十年的春夏秋冬四季变化中，每个阶段都有不同的朋友与自己并肩相行，他们对自己的帮助和支持，更是难以用几句话就说完的。还有我的新老领导们，他们对自己的提携和鼓励，使自己在每次人生的选择中，都能得到指点和帮助，我十分感念他们。

言语的感激永远是苍白的，而别人的恩情又是难于报答的，于是，我只有深深的愧疚而已。愧疚之情时时咬噬着我的心，它让我在回忆的时候，处在一种不安之中。我经常想到报恩，但我做不到。因为需要自己报答的人太多，而自己又力所不能及。我只有在心中向这些好心的人，甚至客观上对自己起过帮助作用的人们，默默地祝福，祝愿他们能够在人生的旅途中，越走越好。

然而，在这个红尘世界中，只知索取，不知感恩的人又何止万千呢？我经常在报纸等媒体上看到，有的人连动物都不如。比如，有的大学生受助后，不但不知报答，反而怕别人知道自己曾经受助的经历，有的甚至悄悄地离开帮助他的人，这让我们感叹不已。深圳歌手丛飞救助过的人，在他得病之后，有人还怨他不及时汇钱。看后让人心寒。

　　古人说，滴水之恩，当涌泉相报。现在的情形却与此相反，叫恩将仇报，唉，叫人心中涌起无限悲哀。现在是爱情至上的时代，充斥在各种娱乐节目中的重要话题，无非爱情而已。但不知我们注意到没有，夫妻关系好，我们总会说，恩爱夫妻。恩在前，爱在后。夫妻是如此，其他关系又何尝不是以恩泽为基础的呢？

　　学会感恩吧！尽管我们不可能对每一个曾经帮助我们的人都给予回报，但至少我们在内心深处要为他们留下回忆的空间，留下感激的影子，留下一丝无以回报的愧疚。因为我们作为人，离不开他人，离不开社会对自己的关爱、关心、关怀，离不开就要感恩。只有感恩，我们才能得到更多人的支持和帮助；只有感恩，我们的社会才会更加和谐，更加健康。

赏 析

　　感恩与愧疚是与人相处的两种态度。一个人能不能存感恩之心，常常关系到与人相处的方式。作者从西方的感恩节开始，谈到中国朴素的感恩故事"乌鸦反哺""羊羔跪母"。中国没有相应节日的设立，却有着千年不变的感恩美德，代代相传下来。

　　作者一路走来，家庭是第一个需要感恩的，父母的养育之恩、兄弟姊妹的和睦相处，是人之常情，但不是人人都能做到的。上学之后，有老师的传道授业解惑、朋友的"帮助和支持"。作者还有领导们的"提携和鼓励""指点和帮助"。

　　感恩而常常不能付诸行动，于是"愧疚之情时时咬噬着我的心，让我在回忆的时候，处在一种不安之中"，这种纠结让作者不能心安。这是作者写此文的出发点和落脚点。如果感恩之心得以落实，内心也就不必忘怀。而正因为心存感恩又无以回报，每每想起来，便如坐针毡。如今报以文字，也算是感恩之心的一点交付。如作者所说："因为需要自己报答的人太多，而自己又力所不能及。我只有在心中为这些好心的人祈祷，甚至虽然起不到实质性的作用，但客观上对自己起到帮助作用的人们，默默地祝福，祝愿他们能够在人生的旅途中，越走越好。"

各种机缘导致我们"不可能对每一个曾经帮助我们的人都给予回报"，但内心深处为他们留下回忆的空间和感激的影子也是一种报答，尽管心中依然愧疚，但心有惦念，就有温暖。

作者真诚地表达了深埋于心底的感恩之心，情深意笃，诚恳质朴，能引起读者内心的共鸣与联想，具有一定的开放性和延展性。

（寒月）

同郭兰英照相

郭兰英是我国著名歌唱家，可以说，我是听着她的歌长大的。我天性喜欢民歌，郭兰英老师唱的就是民歌，从《南泥湾》到《我的祖国》，再到《人说山西好风光》等等，只要一提到歌曲的名字，那熟悉的旋律就在耳边回荡了。听郭老师的歌真是一种享受，无论我们心中有多少烦恼，只要那优美的音乐起了，烦恼就立时被抛到脑后。不是吗？优秀的艺术作品就有这样的魅力，它能净化我们的思想，抚平我们的创伤，安慰我们的灵魂，催促我们奋进。郭老师就是这样一个艺术家，至少在我心中是这样认为的。今天，有幸与自己仰慕已久的艺术家在一起参加全国文代会，能不感到高兴吗？

当看到我们团的不少同志去找明星们照相时，我显得十分矜持，倒不是自己有多么了不起，不是，也不是不屑和清高，而是胆怯——卑微的草根人物与高高在上的明星是有很大距离的。然而，看到他们的平易，看到他们的热情，我的心结逐步化解了。我想，我为什么就不能和他们照相留影呢？

心结一解，当下坦然。我决定同自己仰慕的郭兰英老师合个影。

郭老师的行事很低调，这从她不轻易与人合影可以看出来。她着一身蓝色的运动装，一双洗得很白的网球鞋，已经是八十岁的人了吧，还显得那么年轻干练。她一般早早就坐在了自己的位置上，默默等会议的开始。她就坐我的侧后，扭头可见。一次在开会前，我见我们山西团的一位同志过去找她照相。郭老师看了她胸前的证件，才让她坐在旁边，两人合了影。有了榜样，我也趁机凑了过去，郭老师却不同意和我合影，我赶紧把证件递到她面前，说：我也是山西的，山西阳泉的。郭老师没再说什么，我赶忙坐在她旁边，让人给我们摄下了这珍贵的一瞬。

以后在餐厅里，郭老师和我们山西的代表边吃边聊，还留下了联系的方式。有意思的是，有人递上自己的名片，向郭老师交换名片时，郭老师说她没有，你记个号码吧。

我一直不理解郭老师为什么不愿意和人照相？后来，我想明白了，现在，许多人利用与名人的合影，到处招摇撞骗，郭老师一定是知道的，要不，她为何先要弄清身份，然后才与你合影呢！

赏 析

郭兰英是闻名全国的著名歌唱艺术家，是山西的骄傲，也是作者从小到大的崇拜偶像，能跟她一起开会，已经是一件十分荣幸的事情，若能再合个影，简直就是锦上添花。作者开会时遇到她，心心念想合个影，却不敢叨扰。

文章用对比的手法表现出这时作者外表与内心的严重不统一。外表看起来又"矜持"又"清高"，似乎不屑与明星照相，心里却安慰自己，我不是不屑，也不是清高，是感觉自己是"草根"，人家是"明星"，有"很大距离"。郭兰英老师面前，他感觉到自己的渺小和胆怯，可看到很多人跟明星照相，自己又实在太想跟自小到大的偶像合个影。他努力说服自己，他们是"平易"的、"热情"的，我是可以跟他们"照相留影"的。主意虽然打定，他仍然不敢贸然前去提要求，只在暗中悄悄观察郭兰英老师的衣着、行踪，寻找合适的机会。郭兰英老师就在他"侧后"坐，张口提请求也就是一转身的事，他还是不敢。直到一次开会前,"山西团的一位同志过去找她照相",他才"趁机凑了过去"。可是好不容易鼓起的勇气,又遭到对方的拒绝。他赶紧亮出证件,跟人家套了近乎"我也是山西的",才如愿以偿地跟偶像合了影。合过影,作者心中并没放下这件事,还在回味,并且琢磨为什么郭兰英老师不随便跟人照相。想了好久才明白,是怕有人拿她来招摇撞骗。

文章不长,却一波三折活灵活现地再现出作者当时复杂的心理活动和紧张情绪。行文流畅,一气呵成,充满了趣味性和可读性。

(寒月)

听唐国强聊天

最早知道唐国强这个名字,大约是在20世纪80年代吧。现在一说起,我脑海中涌现出的是刊登在电影杂志上的一张海报:年轻的电影演员,帅气而英俊的脸。说句大不敬的话,那时,我对他的感觉并不十分好。也许是受了当时批评他"奶油小生"舆论的影响也说不定。

重新认识唐国强先生,是以后的事了。也许是他演了《三国演义》之后,或者是演了《长征》之后,反正是在他沉寂又重新出现在观众面前之后。这之后,我对唐国强先生的印象有了与以前截然不同的认识:我觉得他成熟了。成熟的标志,是他所塑造的人物形象是那样鲜活,那样栩栩如生,那样真实可信。那么,这期间,在他身上到底发生了怎样的变化呢?我虽然也隐隐约约有所感觉,却一直没有得到证实。这次,我在参加全国文代会的饭桌上,终于找到了答案。

那是会议期间的某天中午,我们山西团和电影艺术家协会代表团等在一个餐厅用餐。餐厅里,都是我们平时在电影、电视里才能见到的人物,比如唐国强、李雪健等等。这样的大会,就餐都是自助式的,各人凭代表证进去,自己拣喜欢的饭食夹在自己的盘内,找一处地方坐了,吃完走人。那天我端了盘子,发现许多桌子都坐满了人,就到了一背静的角落,那里有空着的座位。放下盘子,一抬头,发现对面坐着唐国强先生,旁边一位却不认识。也罢,且听听他们聊天吧,看他们聊些什么?听了没有三句,我忽然对他们肃然起敬起来。

也同时知道了旁边那位不认识的人是谁了。

他们在聊什么呢？在聊一部正在创作的电视剧。唐先生说：这100多万字是大创作，我都看了，我觉得你的反面人物写得也很生动。那人说，我在塑造正面人物上还是下了功夫的……我忽然明白，为什么我们的唐先生能够把许多人物塑造得那么生动了，原来，他连吃饭的时间也在探讨剧本啊！

有时候我就想，为什么有的人成了"大家"，成了"大腕"，有的人却昙花一现，其实道理很简单，正如鲁迅先生所说，他是把别人喝咖啡的时间用在读书上的。但我们往往羡慕别人的成就，却不知道在耀眼的光环背后，他们下过怎样的苦功，做过怎样的努力。从听唐先生的聊天，我找到了他成功的答案。

当然，还有王朝柱先生，就是与唐先生聊天的人——他是《长征》电视剧的总编剧，曾写过多部具有重要影响的革命历史题材电视剧。难怪《长征》那么感人呢！原来他们都是如此敬业的人啊。

赏析

唐国强是我国著名的电影表演艺术家，《三国演义》中饰演诸葛亮，《雍正王朝》中饰演雍正皇帝，《开国领袖毛泽东》《长征》《建国大业》和大型史诗电视连续剧《换了人间》中饰演毛泽东，后期多作为"毛泽东"的特型演员出现。早年确实被批评为"奶油小生"，但可能正因为他身上的儒雅气质，才将诸葛亮、雍正皇帝、毛泽东等形象塑造得出神入化。因为主演过这些重量级的人物，在我国影坛上也算是重量级人物。跟他一起的王朝柱，曾担任《龙云与蒋介石》《长征》《延安颂》《周恩来在重庆》《解放大西南》《辛亥革命》《走过雪山草地》《太行山上》《换了人间》等编剧，并多次获奖，是一个了不起的编剧。

如此影视界的两个"大腕",却没有自以为是,也没有哗众取宠,参加全国文代会,捡"背静的角落"吃饭,而且吃饭也不忘记谈剧本、谈工作。

作者无意中跟他们坐在一起,从这些顶级大腕的身上,学习到一种精神。如文中所说:"我们往往羡慕别人的成就,却不知道在耀眼的光环背后,他们下过怎样的苦功,做过怎样的努力。"

本文以平实的语言叙述了事件发生的时间、地点、过程与当时的想法,从唐国强与王朝柱的寻常生活中,了解到成功者"成功的答案",不张扬,不炫耀,短小精干,真诚质朴,轻松自如。

(寒月)

李雪健为我盛牛奶

写下这个题目，自己首先就觉着好笑：咱是何等高贵人物，敢劳著名演员李雪健先生为自己盛什么劳什子牛奶，这在别人看来，不是自夸，就是自吹，甚至有卖弄之嫌。不过，我要告诉你，这可是真的哦！

知道李雪健先生最早是在看过他演的电视剧《渴望》之后，那个憨厚、质朴、善良、勤劳的主人公——就牢牢刻在了我的脑海中。让我难以忘怀的还有他塑造的焦裕禄，那个人民的好书记，为了兰考人民的幸福，而献出生命的人。

在我小的时候，有这样一个误解，以为演员就是主人公，所以往往把他们混为一谈。以后长大了，或者说，是我们的演员在台上演得活灵活现，也蛮像那么一回事，但在生活中，却远不是那么样的时候，我才明白，人家那叫演戏，不能当真的。可这与我从小所受的教育不同——那时，要求演员，台上演英雄，台下做好人，就是做一个不损于英雄形象的人。可现在好像不这样提倡了，演戏归演戏，做人归做人，让人没法向他们所塑造的角色学习——因为那都是假的。唉，真不知该颂古非今，还是该颂今非古！总之吧，我对演员的崇拜已经大大不如从前了。这也不同于现在的追星族们——他们看到的是明星口袋里大把大把的钞票和小汽车、大别墅，以及到处走穴的风光。我对这些好像不怎么有兴趣。当然，也许是一种酸葡萄心理吧，管他呢。反正我对现在的明星不像从前感兴趣了。这次与李雪健先生的短暂接触，我的思想发生了一些变化。这就是，无论什么时代，有品德的人都是一种客观存在，不能一概而论，绝对地看问题是错的。这就说到了我这次开会与李先生的接触。

　　那是在全国文代会召开期间，一天吃早饭的时候，我们进到餐厅，我已经吃了不少东西，想喝口汤了，就起身到餐台去盛。这时，就走来了李雪健先生。我们同时走到了放牛奶的地方。我先到了一步，已经拿住了勺子，正准备盛的时候，看到了李雪健先生。出于礼貌，或者说出于对名演员的尊重，我还是把勺子让给了他：李老师，您先来吧。李先生说：您先来。我说，还是您先来吧。他不再推让，盛了自己的一碗。我正要自己盛时，他说，来，来。我说，我自己来。他早已把勺子里的牛奶倒入了我的碗中，而且连舀了三勺，直到盛满。我道谢，他又辞谢。然后各自走开。

　　我想，有时名人的平易，也许更难能可贵。

赏 析

　　分不清剧中人物与演员日常生活的区别，是孩提时的认知。笔者小时候也有过这样的误解，"以为演员就是主人公，往往把他们混为一谈"，所谓"台上演英雄，台下做好人"。长大后才明白，演戏与做人是两码事。但遇见李雪健之后，想法又发生了变化。因为"无论什么时代，有品德的人都是一种客观存在，不能一概而论，绝对看问题是错的"。

　　与李雪健的这次交集，事情并不大，却很温暖。"我"吃饭已经差不多了，想再喝点牛奶，走到放牛奶的地方，"已经拿住了勺子，正准备盛的时候，看到了李雪健先生"。因为礼貌，或者说尊重，"我还是把勺子让给了他：李老师，您先来吧"。李雪健也很尊重作者，让他先来。看到作者坚持把勺子给自己,李雪健不再推让,拿起勺子,盛了牛奶,又给作者"连舀了三勺,直到盛满"。作者"道谢",对方"辞谢"。整个过程自然、温暖、顺畅,不矫情,不做作,都是彼此的真情流露。

无论影视中演员扮演的什么角色,渴望中憨厚的主人公,或者焦裕禄,或者宋江,如果人物直击观众的内心,说明他演技高,而生活中,他的平易近人、温和温暖才真正彰显人品或者德行。

细节最显教养。作者用白描的手法再现了与李雪健交往时的这一小小细节,语言不多,却从一个角度让人对李雪健的为人处事有了一定的认识与了解。

(寒月)

追求平常

——散文集《路上》后记

人总想把自己搞得不同凡响，其实最不同凡响的人，是那些最平常的人。佛家有言：平常心是道。得道的人是"了事的凡夫"。不要总是想着与众不同，不要总是想着高人一等，没那个必要。

我是个喜欢民歌的人，对于流行的音乐，往往视为噪音。在这一点上，就连与我的女儿也难以沟通。但你随便听一首或两首民歌，你就知道，那歌词绝对是最普通的，且是表现力最强的。"灯花花点灯半炕炕明，酒盅盅量米不嫌哥哥你穷。"明白如话，绝对平常，但打动你心的，正是这最明白如话的歌词。

我对文章的追求，也是这样。我不喜欢生造一些谁都不懂的概念、术语，我不喜欢把文章弄得曲溜拐弯谁也读不懂。我追求把自己的真实思想呈现给读者，我努力把文章写得明白如话。

我赞同对人要宽厚，即使是自己的怨敌，也一定要站在对方的立场上去看问题，这似乎有点像"恕"道，其实，"费厄泼赖"何尝不是一种有益的人生态度呢？

我的杂文从来不把对方置于死地，从来都是劝导式的。有时也偏激一点，但出发点却是为了对方能认识问题，改正错误。这肯定有悖于鲁迅先生对杂文的要求——毕竟我们所处的时代已不同于鲁迅先生所处的时代了。

我很少写散文。因为在我看来，散文是最不好把握的一种文体。

虽然教科书上关于散文的做法写得明明白白，但真要操作起来，却绝非易事。我以为，一要有十分准确的艺术感觉，二要有十分出众的形象思维，三要有十分过人的文字功力，四要有十分真切的感情倾注。基于此，我很少写散文。即使写了，也几乎没有自己感到满意的篇什。

深秋的风，已经吹落了树上的黄叶，冬天马上要来了。时序更替，年复一年。身在红尘之中，很难置身尘世之外。尘世中的种种计较、种种欲求、种种期冀总会来敲你的心窗。在这样纷纷扰扰的世界中，生出编本书的念头，也就显得平常而自然。

可惜得很，这本小册子一如前两本小册子一样，同样没有什么惊人之语，没有什么不朽篇章。有的只是自己曾经感动、感受、感慨、感想、感叹、感念过的人和事。这些人和事曾经在过去的岁月中与自己有缘，曾经触动过自己的心灵，于是留下了这样一些称之为文章的记忆。这些曾是自家私密性的东西，现在呈给读者，或许于世道人心有益，或许与某位读者"心有戚戚焉"，果能如此，则余愿足矣。即便是一堆文字垃圾吧，只要无害于社会，无损于读者，在我只是重新审视了一下过去曾经走过的足迹，做了一件平常事而已，余愿亦足矣。

作家史铁生说："人间总是喧嚣，因而佛陀领导清静。人间总有污浊，所以上帝主张清洁。那是一条路啊！皈依无处。皈依不在一个处所，皈依是在路上。"他又说："皈依是一种心情，一种行走的姿态。"（见《病隙碎笔》）行走在路上，看平常风景。为此，我把自己的书命名为《路上》。

赏 析

在中考中,哪类型的作文容易得高分?"写真事,诉真情"。前句是选材,后句是要点。

《追求平常》一文,道出了作者的写作缘由和审美情趣,这对中学生写作是很有益处的。

思旧之情,激发起作者的创作热情。

"深秋的风,已经吹落了树上的黄叶,冬天马上要来了。"落叶喻人,耐人寻味,人到晚年,恋旧情浓,这就是作者的写作缘由。曾听说过一个七岁的孩子开始写童话故事,我们何不趁自己青春年华养成一个爱写作、勤动笔的好习惯呢?这样,才会像作者一样把自己独特经历向读者娓娓道来。

着眼生活,彰显出作者的选材重点。

"只是自己曾经感动、感受、感慨、感想、感叹、感念过的人和事。这些人和事曾经在过去的岁月中与自己有缘,曾经触动过自己的心灵,于是留下了这样一些称之为文章的记忆。"寥寥数语,道出取材范围。看看集子的每一篇文章,所写事无不是自己亲身经历,所写人无不是自己相处难忘。

同学们,热爱生活又喜欢写作的人,不一定经历什么惊天动地的事情,只要你拥有作者这样的勤学的习惯与审美的情趣,那么你的生活中即便是一个影视镜头、一个难忘的人、一句哲理的句子、一次难忘的经历都会进入你的作品,成为独一无二的素材,再把这些素材写成作品,成为一名作家的梦想并不遥远。

请记住——写真事、诉真情,是文章魅力四射的主要缘由。

(董美玲)

病　悟

人一生不得一回病，其实是不正常的现象。说这话并不是我这人心里阴暗，盼着别人得病，实在的是，人一生如果没有得过病，就少了一种人生体验，也许这种体验可以使一个人变得宁静起来、纯粹起来、高尚起来，甚至使人得到某种感悟、某种解脱、某种难以言说的禅慧，或者相反。

我这人长得瘦，平时就给人一种病歪歪的感觉，似乎有一种一风即可吹跑的单薄，鉴于此，一些好心的朋友，见面的第一句问候语居然几十年一贯制"你又瘦了"（我的某一篇小说的题目即此，可以参看）。紧接着的嘱咐是"千万要注意身体"，随后有伟人的关于"身体是革命的本钱"作注脚，说，"没个好的身体，当再大的官也没用。"——我想这一定是真话，我也从来就以这样的真话告诫自己："千万不要忘记注意身体"。让我失望的是，身体的胖瘦、强弱、健康与生病，在某种意义上讲，竟然是不由人的。我的一位过去的同事，早上锻炼得挺好，居然就早早走了，平时也没甚灾病，人长得壮实着呢——唉，真是"匪夷所思"了。有这些事例做背景，关于身体锻炼之类的忠告，我也就当耳旁风了，心想：该死不得活，由他去好了。这种"消极"的应对态度，自然是要遭殃的，这不，刚刚开罢文代会，正准备过春节之前，自己居然躺在了医院的病床上。

文代会是2004年12月27、28日召开的，我是2005年1月17日躺倒的，前后没隔了二十天。我也觉得"服不住"。

那天是一位朋友的生日，他来看我，聊得很融洽，不觉就到了晌午。人总要吃饭，就留朋友一起吃饭吧，给他过个生日也好。这样想了，就召集几个要好的朋友，与我们李主席一起分享朋友相聚的乐趣。饭罢出门，一股西北风吹过来，把一头的汗吹干净了，我赶紧捂了额头，生怕有邪气侵入，毁损了"贵体"，让大家再发一番关于健康的议论。提拔之前，就有上级领导拿我的体质说事儿，担心我的身体垮了——我想，这固然是好意，何尝不是一种借口——自己这样不争气，竟要跌进人家嘴里吗？

然而，病来如山倒，一点法子都没得想。走了没几步，肚子就拧起来，而且越拧越紧，越紧越疼。心说：坏了，老毛病犯了，一定是慢性结肠炎复发了。这"伙计"可有二十来年不露面了，这一回恐怕是又回来找我了。一面从饭店往单位走，一面对大家说，"肚疼"，"要坏事"。大家以为我开玩笑，竟都没在意。回到单位，一位搞摄影的朋友还准备给我照张"标准像"。这也有个原因，此前，他给我们李主席照过一张相，居然把李主席照得"牛群"（相声演员）似的，我就说，也给咱拍一张，哪怕"冯巩"似的也行，最不济还照不成个"李文华"？我的朋友就当了真。吃饭时，就带了相机。

然而，我肚子痛得实在坚持不住。刚摆了个造型，就有些内急，匆匆收拾起尊容，急慌慌往厕所跑。大家以为我开玩笑，也没在意。从厕所出来，没走了三步，我就走不了啦，赶紧呐喊李主席。李主席事后说，就像装病一样。好在有小干事扶住了我，否则，我一定躺在了冰冷的水泥楼板上了。

闲话少叙。大家忙打了的，急送我医院。我已让病弄得一点自主性都没了，除了心中清醒之外，四肢已全然不由自己做主了。大家搬头的搬头，扛脚的扛脚，送到医院，任由医生折腾，就像放在案板上的鱼，清蒸、红烧、油炸，悉听尊便。

过程就省略掉吧。我便了近一周的血，饿了五天饭，终于算止住了疼。据家属事后告说，还下过一回病危通知书。躺在病床上，盯着白糊糊的天花板，我想了些什么呢？

我想，当时一旦"无常万事休"，我能从这个世界上带走什么？

能带走官位吗？不能，人一死，腾出一个"正处"的位置，正好安插旁人，盯着"正处"的人海去了。能带走名声吗？不能，名声与我何有哉，"走他人的路，让自己去说吧。"——但丁后来说。但丁伟大是别人说的事，与但丁有甚关系！能带走金钱吗？不能，古语说，赤条条来去无牵挂。空手而来，空手而去。钱是什么？一个亿万富翁得了肝癌，急得头直碰墙。钱能买来命吗？真真笑话。我又想，自己平时爱书如命，别人借去看看，居然小气得可以，就像拿自己的命一样，简直可笑之至，如果现在自己走了，书算什么东西。唉，悲从中来——死神到来时，自己连一根针都带不走！

我继续想，既然这样，人生还有何乐趣呢？及时行乐吗？——这似乎是在催着自己早死，披张人皮不容易，早死还不如不来。那么，人生的终极意义是什么呢？我想到了两个字：奉献。

是的，奉献。人的最大快乐应当是让别人活得快乐。我就想，既然我们带不走官职，我们一旦当了官，就得多办好事、实事，尽到自己当官的责任；我们一旦有了名声，就用名声为别人谋点幸福，让这名声成为大家的福音；钱不是好东西，但也不是坏东西，有了钱，多想着点鳏寡孤独，多做点修桥补路的事，钱的坏处，也就变成了好处。我们要把爱妻子、爱子女、爱亲人的爱心发扬开来，我们要爱每一个人，并且把这种爱心，变成一种爱这个社会、爱这个世界的实际行动。我就想，别人再借我的书，我一定不会那么吝啬，即使他不还，我也不会记恨他——也许，那本书于他更有用呢。

我在病床上就这样想了。出院后，我也努力地这样去做。但人是有忘性的，一旦好了，就可能忘掉过去的痛苦，一旦现实中碰到利益冲突，就容易把自己摆在前面。这让我想起了佛教。佛祖真是一位伟人，他居然提出了"忘我"的要求，这与共产党的大公无私精神实在也不分伯仲。我不是佛教徒，我也不是圣人，但病让我感悟到，人生苦短，一口气不来，一切就都宣告结束了。既然如此，我们为什么不高高兴兴地生活每一天呢？为什么要与别人为一点鸡毛蒜皮的琐事斤斤计较呢？为什么就不能放下执着，快快乐乐为社会做点事情呢？

也许，我是个理想主义者吧，但我坚持自己的理想。

赏析

一、主题归纳：《病悟》一文，叙述了作者从发病，病危，治病，忍受病痛折磨以及病中思悟的过程，从中感悟到生命的脆弱。有时间重新认识人生的意义和价值。反思自己的人生经历，将其意义和价值逐步升华！明确告诉人们：做了官，有了名气，有了钱，一定要有爱心，要为社会办实事，要有原则，有爱心，爱社会，爱他人，爱世界，这就是大公无私。字里行间，表达作者的博大情怀。

二、写作特点：

（一）开篇点题，直接进入。文章从"人一生不得一回病就缺少了一种人生的体验"说起，病一次，才能有所体验，点出"病悟"，病带给了我许多感悟。

（二）结尾照应开头，深化"悟"的意义。"我"在病床上想清楚了，"奉献""忘我"，人的最大快乐应当是："让别人活得快乐"，"放下斤斤计较，放下执着，快快乐乐为社会做点事情"，很好地回答了"悟"的内涵。并且对自己的悟充满信心：坚持理想，做纯粹的人、高尚的人！

（三）语言幽默风趣，形象。把我的结肠炎比作"伙计"，伙计即身边的伙伴，以此形象说明这个病伴随作者多年了。送"我"去医院检查时的描写，"搬头的，扛脚的"，"就像是放在案板上的鱼，清蒸、红烧、油炸，悉听尊便，非常生动形象地描绘出作者发病时身不由己，"任人宰割"的情景。让读者有身临其境之感。

（四）引用自然，表达恰如其分。如"走他人的路，让自己去说吧"反引但丁的话，表达自己不在意别人之言；借用古语：赤条条来去无牵挂，空手而来，空手而去，表达自己大彻大悟。

（五）夹叙夹议的表现手法，似乎占据了每个自然段。随着叙事，发表议论，抒发自我感受，让"悟"的内容和意义清晰地跃然纸上，层层深入，步步升华。让读者受到启发和教育。

（石宝红）

心中的雪

第四辑

己见

古人的确雅。

见景要赋诗，寻人要赋诗，宴会要赋诗，离别也要赋诗。诗是古代文人骚客风流雅事的重要组成部分。

现在雅人是越来越少了。

有人偶尔雅一回，别人会掩口而哂，曰：

"酸！"还有谁再自讨没趣呢？

生的反思

汹涌的巨浪劈头盖脸打来,把我吞没,送入湍急的漩流中。

我精疲力竭。

上游的树枝漂下来了,伸着手,抓去。头晕的片刻,树枝漂走了。

我几乎绝望。

远方是搭救的船只,但我依然绝望。没有人会来救我——我得罪了许多人,他们盼望我早死。

又一个浪头袭来,我沉下去了。沉下去,沉下去……但这河没有底。我沉啊,沉——

我知道若干天后,我的死尸会被捞上来——但那绝不是为了捞我。

我被弃置在一片荒滩上。

明明记得,我的下半截身已陷入淤土,埋实了,埋实了,我动弹不了。睁开眼,一茎枯树,两只昏鸦,耳里响着"啊,啊——"的怪叫,那是为我送葬。

懒洋洋的太阳从云缝间探出头来,把混浊的光无力地洒向我的坟头。风吹来了,是冷的。我的死尸在腐烂。

我要趁着这还未腐朽的时辰,回忆一下往事——我的一生。

我是怎样被淹没的呢?是抓洪水中散失的诗稿吗?不。是抢救落水的孩童吗?不,不。我是打捞他人的浮财,那些被水冲刷而来的浮财。那时，一失足，便身不由己了。

此前，我所走的路又是怎样呢？

四面伏着绿眼，眨呀眨的。荆棘延伸着，交错地立在路两旁。那是怎样的路啊——回头望，是由岩石摆成的四个大字——我，我，我，我。路的尽头，刚刚下过一场暴雨。

我明白了我的所作所为。雨水洗去了虚伪的装潢，我赤裸着，连灵魂都暴露无遗。那灵魂说着话，似乎是对往日的留恋，抑或是追悔，听不清说些什么。

我的眼里挤出几滴泪来，顺着面颊流进了干裂的嘴里。舔一舔，这泪是淡的，混合着黄泥的味道。

我知道我将不能思考。看着远处的昏鸦，我闭了眼。

一片漆黑。梦也做，但那是别人的甜梦。金碧辉煌的厅堂，花灯亮了，映着客人的脸。音乐起了，碰杯声响了，调笑声浓了……我清楚我享用不到了。咽口唾沫吧——然而嘴里什么都没有。

另一个大堂，停放着伟人的灵柩，吊客出出进进，几声哀歌，几声啜泣，接着是沉默。花圈在静默，挽联在静默，颂词在静默。

生的快慰，死的壮烈，都离我远去了。我的梦只能做到这里了。

思维已经停止。风更大，也更冷。尸体的腐烂已经终结。

又过了些日子，我的坟墓变作一丘荒土，上面也长了草，而且很壮。草间也开花——小的，散在绿中，也有蝴蝶飞来，也有蜜蜂飞来。

——然而，这一切我都忘却，都不知道了。

我不知道，活着的人们是否记得这地方发过洪水，不知道他们是否记着洪水曾经淹死过人，也不知道他们可否打听过那人的死因，以及他的姓名……

什么都不知道了，那便不是梦！

赏析

  这是一篇完全的意识流散文，能听得到思维的汩汩流动，像鲁迅的《狂人日记》，充满了象征、暗示和隐喻。对生的反思是永远的哲学命题，尤其情绪处于低谷，更会静下心来进行思考。

  文本显然是在挫折之后的一种反思。那是一场洪水，"汹涌的巨浪劈头盖脸打来，把我吞没，送入湍急的漩流中"。作者在低沉中挣扎，"精疲力竭""几乎绝望"。明明看到远方搭救的船只，"依然绝望"，已经不相信再有人会救自己，因为"得罪了许多人"。这时候，"我"的情绪跌在谷底，悲观到看到送葬的"枯树"和模模糊糊的乌鸦。回想走过的路，有交错在路两旁的"荆棘"，有岩石摆成的大字"我，我，我，我"，隐喻道路的艰难，"我"无法言说的痛苦。

  这都是意识在涌动，时间与空间在思维中跳跃。人总有一死，即便是伟人，死后一时的繁华也不会掩盖长久孤独与静默。即便如此，"我"仍然相信"我"的坟头会长满壮实的青草，草间也开花，还有蝴蝶、蜜蜂翩翩而来。

  洪水过后，无论"活着的人们是否记得这地方发过洪水""是否记着洪水曾经淹死过人"，甚至"可否打听过那人的死因，以及他的姓名"，都不要紧，因为"我"已经什么都不知道了。

  文中大量意象的运用，让文字与思维在飘忽中游来荡去，字句的节奏常常被情绪的节奏所代替，内容难免晦涩，但能深深地感受到作者内心的痛苦与挣扎。

（寒月）

我是我吗

我是谁呢？我是我吗？

有一回，我成了某电厂的某人——那人叫什么，连我也不知道，但他说，他是我。起因要从电脑说起。现在，互联网拉近了人们之间的距离，不见面就可以聊天，尤其是那些网虫，每天在网上泡着，沉湎于虚拟世界，倒也不失为一种生活方式。就有这么一位女作家，某一天和一个自称是我的人在网上聊起来，那个"我"使出了勾引女人的各种肉麻语言，让这位女作家听得直反胃，我在她眼中温文尔雅的形象因此也大大打了折扣，她开始怀疑这个"我"是不是我了。于是她让对方把视屏传过去，结果大跌眼镜——那个"我"不是她曾经见过的我。我真是谢天谢地，幸好那位女作家认识我，要不，我一世的清名就让那小子给毁了！

再一回，我接到一个参加会议的通知，让到某地开会，通知上讲，他们有一个重要的纪念活动。说是参加会议，其实就是给他们捧捧场。因为是同行，人家又盛情邀请，我也就去了。到了宾馆报到，接待人员一查，没有我的姓名。大老远的，回不是，留也不是。对方很难为情，再查，结果有另外一位曾经在我们单位工作过的同志的名字。我一想坏了，人家请的是那位同志，我这不是多事吗？重看请柬，没错呀，是请我呀。问题出在哪儿呢？原来人家只写了职务，没有写姓名。人家以为那位同志依然在我们单位担任着我现在的职务呢。好在有熟人从旁介绍，才算勉强住下，顶替另一位同志开了好几天的会。

近来，又在一处看到了我——大概是我吧，现在我真不敢肯定是不是我了，因为姓名中三个字就错了两个。人家给我起了个新名字，叫傻驴。傻驴就傻驴吧，驴有啥不好，为人们拉磨驮物，死了还要把肉献给人类，可谓动物中的高尚分子了。近来，就有人写《说驴》的文章为驴正名，看来，做个驴也没什么不好。况且，咱压根就不是聪明人——不，不是聪明驴——驴有聪明的吗？好在，我有一句"名言"，道是："咱不是人，他们不是东西。"现在可是正应了这话，又何怨之有呢？

在那位女作家看来，她没有见到视屏前、那个说肉麻话的人就是我；在那次参会者看来，我就是那位已经调离的同志；在骂我傻驴的人看来，我就是一头傻驴。那么，我是谁呢？

人生在世，大家往往把自我看得紧紧的，凡事第一个想到的是我，尤其是好事。如果是坏事，一定是别人干的，与自己无关——即便有关吧，那也要想办法洗刷到无关为止。所以我们敢肯定地说，我就是我吗？不敢！白天的我与晚上的我不同；人前的我与人后的我不同；今天的我与昨天的我不同；明天的我与今天的我也不同；贫贱的我与富贵的我不同；发迹的我与落魄的我不同……如果说相同，也是形貌的相同，从心的角度看，恐怕就有区别。即便是形貌吧，其实也是时时在变化中的。那么，我们能说我就是我吗？

赏析

"我是谁？从哪里来？到哪里去？"是古希腊伟大的思想家、哲学家柏拉图提出的哲学命题，至今仍然难解。生活中，各人的理解不同，解答就不同。作者在这里，结合个人经验只探讨第一个问题：

"我是谁?"这个问题看似简单,实际并不容易回答。尤其遇上作者文章中谈到的几件事,更不好回答。

第一件事,有人以"我"的名义跟美女作家"网络聊天"。本来就是极尴尬的事,更何况"我"极尽肉麻之能事,勾引人家,更何况那位美女作家认识我。没有通过网络视频见对方之前,美女作家一定在内心把"我"勾画了无数遍,"我在她眼中温文尔雅的形象因此也大大打了折扣"。幸亏科技如此发达,能在视频中戳穿对方真面目,"要不,我一世的清名就让那小子给毁了"。

第二件事,"我"按通知去开会,却找不到自己的名字。"我"于是不知道自己是谁了。到底是被邀请开会的那个呢,还是顶替去开会的那个。又一次被尴尬了。

第三次不知道自己是谁,是因为被起了个非常不雅的名字。作者又难过又好笑,自嘲:"傻驴就傻驴吧,驴有啥不好,为人们拉磨驮物,死了还要把肉献给人类,可谓动物中的高尚分子了"。当然,心里还是不舒服的,补了一句:"我有一句'名言',道是:'咱不是人,他们不是东西',现在可是正应了这话,又何怨之有呢?"

这三件事与柏拉图的"我是谁"似乎不太搭界,不是真的哲学意义上探讨,而是生活的无奈和叹息。我不知道我是谁,因为我常常"被"成为谁。同时作者又用哲学的观点指明:"我就是我吗?不敢!白天的我与晚上的我不同;人前的我与人后的我不同;今天的我与昨天的我不同;明天的我与今天的我也不同;贫贱的我与富贵的我不同;发迹的我与落魄的我不同……如果说相同,也是形貌的相同,从心的角度看,恐怕就有区别。"

文本充满了无奈、自嘲、哲学思辨,以及情绪的某种宣泄,好玩但不好笑。

(寒月)

短命的西晋

印象中,两晋一直是个畸形的社会。单说西晋,在它一立国,弊病就暴露出来了。

弊病之一就是上上下下的荒淫奢侈。

晋武帝司马炎是个有始无终的开国皇帝（大凡皇帝,多数如此）,刚登基时,他说要崇尚节俭,御车上一根皮绳坏了,他都特意关照用麻绳代替。后宫除了原来的后、妃外,也只选了左思的妹妹——左芬入宫拜为修仪。到了泰始九年（273年）,他就有点耐不住寂寞了,下了一道诏书,让公卿以下大臣凡家有婚龄少女者,都得入宫听选,在此期间不得出嫁。后来范围一再扩大,竟到了选美期间禁绝天下婚姻的地步。平定东吴之后,他又将五千吴女充入后宫,这时晋武帝宫中的嫔妃、美女达到了万人以上。这么多美女,宠幸哪一个呢？有佞臣就出点子,让他乘坐羊拉的宫车,任凭羊停在哪里,他就在哪里纵欲。

皇帝老儿这般做派,下面的大臣能好到哪里？王恺和石崇"斗富"的事,就很能说明问题。王恺是武帝的舅舅,为了显示富贵,就用糖水刷锅,赤石脂涂屋；石崇也不甘落后,回敬以蜡烛当柴,花椒粉抹墙。在当时,挥霍的人又何止王、石呢？太尉何曾日食万钱,还怪怨没有"下箸"的地方。他儿子何劭更是有过之而无不及,一天要吃掉两万钱。有个叫王济的驸马,宴请武帝时用人乳喂大的猪崽做菜。穷奢极欲,到了无以复加的地步。

政风所及，朝野一片狼藉。虽然这期间也有治世的臣子、有为的将领，但根子已经烂了，谁有回天之力呢？

所以，只经历了4个皇帝，51年，西晋就气数尽了。

20世纪90年代末，有报纸曾报道过我们的法院干部"听说人奶对身体好，便命干警找奶供他喝，输液用的瓶子每天两瓶，一喝就是一个月"云云。当时，自己就怀疑时间是不是倒转了。联想到那时吃"猴脑"、吃"黄金宴"等等报道，便产生了杞人忧天的感慨。一直到十八大前，这样的事儿就不叫新闻。现在好了，我们总算看到从严治党的效果了。

但是，历史的教训我们能忘记、敢忘记吗?!

赏 析

作为一篇随感式散文，作者站在历史的高度，对西晋王朝的"短命"做了一个简单的回顾与剖析。从晋武帝司马炎带头荒淫无度，到大臣王恺和石崇变着法"斗富"，到"太尉何曾日食万钱，还怪怨没有'下箸'的地方"，他儿子何劭"一天要吃掉两万钱"，以及那个"叫王济的驸马，宴请武帝时用人乳喂大的猪崽做菜"，作者看到"一片狼藉"的西晋朝野，叹息难怪"只经历了四个皇帝，五十一年，西晋就气数尽了"。

"以人为鉴，可以明得失；以史为鉴，可以知兴替"。剖析西晋是为了警示今天，尤其20世纪90年代末，有些官员"听说人奶对身体好，便命干警找奶供他喝，输液用的瓶子每天两瓶，一喝就是一个月"；还有官员吃"猴脑"、吃"黄金宴"等等，比西晋朝野的某些做法有过之而无不及。这让作者"怀疑时间是不是倒转了"，痛心地指出，"一直到十八大前，这样的事儿就不叫新闻"。幸好现在"从严治党"有效果了，否则后果不堪设想。

　　作者满怀忧国忧民的思想，以古谏今，喊出"历史的教训我们能忘记、敢忘记吗"的肺腑之言。文本把关注国家兴衰的个人情结通过文字的形式表达出来，反映出一个有责任感的知识分子的爱国自觉和精神担当，发人深省，引人深思。

（寒月）

王允的悲剧

说王允知道的人不多,那就说貂蝉吧。中国历朝历代美人不少,这貂蝉即是其中之一。传说,当年关公斩貂蝉的时候,怎么也下不了手,无奈只好闭上眼睛——看来,这个貂蝉实在是美极了。

貂蝉是东汉末、三国初时人,原来是东汉司徒王允府中的一名歌妓。史书记载,为了杀掉董卓,王允费了好大心思,除了他自己在董卓面前委曲求全外,就是施行这个美人计。他先把貂蝉许配给董卓的义子吕布,隔天却把貂蝉又送予了董卓,让董、吕反目,达到了借刀杀人的目的。

那么,王允为什么要杀董卓呢?

"董卓生性残忍。"一次大宴群臣,吕布在他耳边嘀咕了一通,他马上让"拿下去"。话音刚落,曾经当过他上司的张温就被押了下去。群臣们惊魂未定,下一道菜就端上来了。大家一看,竟是张温血淋淋的人头。

董卓就是这么个人,他一面用餐,一面把几百名降卒砍头、剁脚、挖眼、下油锅,当了他的下酒菜。《资治通鉴》说:"诸将言语有蹉跌者,便戮于前,人不聊生。"正由于此,王允们才不得不把他设法除掉。据记载,董卓死后,"百姓歌舞于道,长安中士女卖其珠玉衣装市酒肉相庆者,堵满街肆","守尸吏为大炷,置卓脐中然之,光明达曙,如是积日"。可见,老百姓恨董卓到了什么程度!

王允由于灭董有功,被"录尚书事",掌握了朝政大权。上任之初，就一改往日谨小慎微的做法。他见左中郎将蔡邕对董卓的死表示"惊叹"，就立即将蔡邕"收付廷尉"。有人为邕求情也不允准，"邕遂死狱中"。蔡邕是蔡文姬的父亲，对汉史有深刻的研究，可惜因言获罪于王允，后世再也看不到蔡邕写的汉史了。

史书记载，"卓既歼灭，（允）自谓无复患难，颇自骄傲，以是群下不甚附之。"王允的骄傲和严重脱离群众，为他的悲剧埋下了伏笔。不但如此，他不汲取董卓滥杀无辜的教训，却大开杀戒，导致了董卓旧部西凉兵的造反。李榷等人被逼无奈，杀回长安，刚刚安定了几天的东汉小朝廷，又一次发生了变乱。"榷尸王允于市，莫敢收者。"一时声名显赫的王允，就这样退出了历史舞台。

司马光在叙写这段历史时，曾感慨道："《易》称'劳谦君子有终吉'，士孙瑞有功不伐，以保其身，可不谓之智乎？"这个士孙瑞，就是同王允一起灭掉董卓的有功之臣。但他有功不居，封侯不就，才于乱世中保全了性命。

回顾这段历史，常教人扼腕叹息：以王允的聪明，本应在掌握实权之后，采取宽厚仁慈的政策，与民休戚才是。谁想，他却不听忠言，一意孤行，乱杀无辜，激起了兵变，落了个可悲的下场。

更可悲的是，后世的"王允"们不从王允身上吸取教训，生生让这出悲剧一代又一代地上演，岂不痛杀人也么哥！

赏析

《王允的悲剧》这篇文章，通过记叙人物的典型事件，揭示了人物的悲剧命运，通过侧面描写，塑造了人物的形象，文章构思巧妙、自出机杼，有创新。

一、本文的结构安排不落窠臼，有创新。

开篇不落俗套。欲说王允，先讲貂蝉，激发读者的阅读兴趣，通过写关公闭眼斩貂蝉，突出貂蝉之美，也为下文王允为除掉董卓，设下美人计和离间计做了铺垫。

接着层层深入，抽丝剥茧，娓娓说出了王允杀董卓的原因，董卓是个大恶人，生性残忍，作恶多端，所以王允杀掉董卓，是民心所向、大势所趋。

然而，写到此处作者笔锋一转，灭董有功的王允，在大权在握之后，一改谨小慎微的本性，一意孤行大开杀戒，导致了董卓旧部的造反，最终落得"榷尸于市"的可悲结局。

就这样，曾经声名显赫的王允退出了历史舞台。叙述到此，作者并未结束全篇，而是用议论式的抒情发出了对王允其人悲剧的叹息和对后世"王允"悲剧继续上演的慨叹，达到了卒章显志、画龙点睛的妙笔。

二、典型事件，揭示人物命运

文章只写了王允的两件事情，却概括总结了王允的一生功过。一件就是讲述王允巧设连环计，先施美人计离间董卓父子，后借刀杀人除掉董卓。从这件事情中我们就看出王允的胆识和智慧都有过人之处，并且为国为民一身正气。作者叙述的另一件事情，就是王允一意孤行将蔡邕收付廷尉，最终导致了邕死狱中，从这件事情我们可以看出，王允在杀死董卓之后，有些居功自傲，不听劝说，一意孤行，最终导致了殒命于市的悲惨结局。通过这两件典型事件，揭示了王允的悲剧命运。

三、侧面描写，烘托人物形象

文章在叙述王允历史的同时，也用生动形象的场面描写叙述了董卓的残暴，如写到董卓在用餐之时，"把几百名降卒砍头、跺脚、挖眼、下油锅，当了他的下酒菜。"足见董卓的残忍暴戾。再写董卓被杀之后百姓的表现，引用《资治通鉴》"百姓歌舞于道，长安中士女卖其珠玉衣装市酒肉相庆者，堵满街肆"，百姓欢天喜地，歌舞于市。以此来侧面表现王允设计杀董卓是民心所向，为国为民锄奸贼的正义之举。文章还通过写与王允一起参与灭掉董卓的有功之臣士孙瑞，士孙瑞有功不居，封侯不就，最终在乱世中得以保全的人生的经历来烘托王允的居功自傲、乱杀无辜，最终导致的可悲下场。

（焦元芳）

十两银子"买"武松

武松是何等样人？景阳冈下十八碗白酒不醉，景阳冈上三拳两脚打死吊睛白额大虫，斗杀西门庆，血溅鸳鸯楼……何等威猛，何等英雄，怎么才值得十两纹银？

这事儿说来似乎奇怪，其实并不稀奇。一者，这十两银子是宋公明哥哥给的；二者，那时武松尚未出道。

读《水浒传》的人知道，武松在横海郡柴大官人庄上备受冷落，宋江一来，情况大变，一场"及时雨"下过，武松立马又坐回了酒席桌旁。非但如此，他要走时，"柴进取出些金银送与武松"，使武松的境遇有了很大改善，经济条件也发生了变化。虽然这些全仰仗了柴进，但柴进毕竟不如宋江"会使银子"，钱虽花了不少，武二郎也仅仅谢道："实是多多相扰了大官人"，别无更多的话，掉头走自己的路去了。而宋江却不同，他"回到自己房内，取了些银两"，要"送兄弟一程"。走了"五七里路"，武松不让送，宋江却说，"何妨再送几步"。又送了"三二里"，武松再次道别，宋江又说："容我再行几步。"非要走到有酒店的地方，拉武松"吃三盅"。武松是何等义气之人，宋江一而再，再而三的举动，令武松感动不已，"纳头拜了四拜"，拜宋江做了义兄。

武松在柴进处一年多也没给柴进拜一拜，别说四拜了。而和宋江只泛泛一面之交，却便认了义兄，我们对宋江的手段能不服吗？

这且罢了。紧接着宋江又"叫宋清身边取出一锭十两银子，送与武松"。这一下武松彻底被"收买"了——"武松堕泪，拜辞了自去。"难怪金圣叹在评论宋江时用"会使银子""纳头便拜"八个字来概括呢？

宋江这人相当了得。王矮虎"好色"，他就把"抢来"的"一丈青"配他；黑旋风缺钱，他就与他十两银子去赌……江湖上人称"及时雨"，实在当之无愧。

凭了这一套本事，宋江坐上了农民起义领袖的第一把虎皮交椅。投其所好，是宋江的成功法宝。可是，要投其所好，必须有可"投"的本钱。宋江的本钱就是银子。我们要问：宋江的银子从何而来呢？

晁盖上梁山后，派刘唐送给宋江一百两黄金，宋江虽然只留了一条，但由此可见他的钱财来路"不明"，绝非"勤劳致富"一类。他犯事到了柴进庄上，柴进没让他空去；孔太公庄上也曾周济他银两——这么说吧，宋江花的是弟兄们的辛苦钱，这样的钱花起来会心疼吗？

宋江早已作古，但宋江式的人物并不曾断种。那些占据着或大或小位置的"公仆"里，或许就有宋江在。所不同的是，宋江讨好的是英雄好汉，个别"公仆"讨好的却是自己的上司。从现在倒掉的一些贪官身上，我们不是可以得到印证吗！

武松当年就没有看破宋江这一套。虽然在宋江主张招安时武松也颇有微词，但却还是随公明哥哥去了。后来的结果还算不错，捡了条命——这比李逵要强得多。那么，今天的"武松"能不能看破宋江的这一套呢？我看还得打个大大的问号。

赏 析

本文选材精妙，可谓用心良苦。从学生必读名著《水浒传》中选择了宋江、武松这两位众所周知的人物，而且通过这些耳熟能详的典型事件，生动、形象地刻画了人物独特的性格特点。《水浒传》讲述的就是北宋末年，奸臣当道、官府腐败、贪官横行、民不聊生，致使官逼民反。这部小说反映了纷繁复杂的社会关系与不可调和的社会矛盾。在这样复杂的社会环境中生存，注定了人物性格的多面性和丰富性。本文运用原著中的人物借古讽今，隐喻当今社会中存在的诸如此类的人或事，更是一针见血，淋漓尽致。折射出现实生活中似如宋江之类，运用"公仆"身份，动用公共资源，施以他人恩惠，以谋一己私利的人实属不少。

本文的人物刻画得微妙细致，个性鲜明，性格丰满。虽然文中没有余赘的外貌描写，但是通过节选的人物关键动作、精妙语言就已经将人物的形象跃然纸上了。如武松，在柴进府上时备受冷落，这就不免让我们联想到武松的背景：因为杀了人，武松十分落魄。再加上他酗酒如命，喜好打架，所以大家都瞧不起他。这时的武松是陷入了人生的低谷。而此时的宋江就如同他黑暗生命中的一束光。所以，宋江给这十两银子让武松感受到了人情温暖，自然感激万分。那么武松知恩图报的性格特点也完全表现出来了。虽然文中对于武松着墨不多，但是，多面与复杂的人物性格已是不言而喻。宋江：他之所以能够求仁得仁源于他的手段，文中引用了金圣叹的评论"会使银子""纳头便拜"。而且文中用原著中的典型事例为证，如给好色的王英"一丈青"，给好赌的李逵钱财……这样宋江投其所好的本色就凸显出来了。他能够笼络人心的法宝，也正是其善用"投其所好"的手段。

（焦元芳）

沧州佳酒不应官

燕赵自古多慷慨悲歌之士,信然。即以沧州"佳酒不应官"为例,就能见出其"硬骨头"精神。

清代大学者纪晓岚在《滦阳续录》中记载:沧州酒很有名,这种酒不是用来贩卖的,大多为"旧家世族,代相授受"传下来的。酿酒的方法比较特别——首先是水,"必于南川楼下……以锡罂沉至河底,取其地涌之清泉"。其次是收藏,"畏寒畏暑,畏湿畏蒸,犯之则味败"。再次,要存放十年以外,方为上品。再再次,运输也好,倾倒也好,一摇晃,味就变了,还得"澄数日乃复"。其佳处在于真的沧州酒喝了"虽极醉,膈不作恶,次日亦不病酒,不过四肢畅适,恬然高卧而已"。且新酒旧酒,一试便知,一年者再温即变,二年者三温即变,十年者,温十次如故,十一次则味变矣。

沧州今天仍然酿酒,但不知此等上品可曾还有?依我的意见,没有也罢,现在酒桌上,哪有这等温文尔雅,谁又耐烦把酒一温再温。君不见公宴私宴,一气猛灌,直喝得五眉三道,东倒西歪,舌头打战,双脚不稳,方才叫尽兴。弄上沧州酒来,一摇晃就不能喝了,谁有这等耐性!据纪先生讲,当时"土人防征求无餍,相戒不以真酒应官,虽笞捶不肯出,十倍其价亦不肯出"。即使是当地父母官,"尚不能得一滴"。

由此想来,今天真是世风日上了。"相戒"算什么,不就是个口头约定吗,背了人,照样可以"应官"。况且,你不"应"保得住别人不"应"吗？自己挨一顿打，别人却悄悄讨了便宜，何苦来呢？再说，不"应"行吗？过去你要批项目，你要批贷款，你要求支持……哪一样空手能办成，哪一样不得喝一壶？现在虽然这些都免了，但事儿也不好办了。从这个意义上讲，"沧州好酒不应官"还真应该改变改变！

赏 析

按照文体分类，《沧州佳酒不应官》系读书札记，或者说是随笔，随笔属于散文的一种，但这篇文章却有说明文的特点。因为它介绍了沧州酒的制作过程和饮酒要求。

作者运用了大量说明文的方法。

"引资料"，能使文章所引材料显得真实可信。例如，文中引用纪晓岚之语，就是为了清楚地说明沧州酒的用途及特点。

"分类别""做诠释"能使文章条理清楚，层次分明。例如，文章在介绍这种酒的制作过程中运用了这两种说明方法，把古人制酒程序和严把质量关的特点显示出来。让读者对被说明的对象"沧州佳酒"之所以赢得口碑的原因了解得清清楚楚。

"做比较"，能使被说明的对象的特点更突出、更鲜明。例如，作者把古代沧州饮酒的方法和现代人的"官场应酬"，"家庭尽兴"的不同进行了比较，更突出了过去古人饮酒讲科学，做事讲规矩，也含蓄地批评了现代人狂饮、醉饮的错误做法。

除了恰当使用说明方法以外，作者还在文中恰到好处地使用"首先，其次，再其次，再再次"这些提示语，使文章的层次感更清晰。

所以读者在看完《沧州佳酒不应官》一文之后，不仅对说明对象有了清楚的认识，而且会产生一种"酒香不怕巷子深"的渴望之情，今生如品，其乐融融。

（董美玲）

谈雅事

春秋时期,一位白发长须的老者,同自己的四名学生围坐在一起谈论各人的志向。有个叫曾皙的说:"莫(暮)春者,春服既成,冠者五六人,童子六七人,浴乎沂,风乎舞雩,咏而归。"听了这话,老者不住地点头,并长叹一声说:"吾与点也!"这位老者便是孔子。孔圣人深解雅人之趣,觉着曾皙此番话"与我心有戚焉"。可见孔夫子也算一位雅人,否则,他不会站在沂水边上,望着滔滔奔流的河水,发出"逝者如斯夫,不舍昼夜"的感叹。

彭城刘义庆在《世说新语》中,记述了王羲之的儿子王子猷弃官归隐山阴——也就是现在的浙江绍兴时的一件趣事:下了一夜的大雪,子猷一觉醒来,发现外面一片洁白,于是让人打开屋门,倒上绍兴老酒,一面赏雪,一面独酌起来。喝着喝着,竟情不自禁吟起左思的诗来:"长啸激清风,志若无东吴……功成不受爵,长揖归田庐。"吟着吟着便想起不事权贵的戴逵。于是放下酒杯,连夜乘着小船,溯流向剡溪戴先生家驶去。天明的时候,来到了戴的门口。忽然他失却了兴致,告诉船家原路返回。人问其故,他说:"吾本乘兴而行,兴尽而返,何必见戴?"

古人的确雅。见景要赋诗,寻人要赋诗,宴会要赋诗,离别也要赋诗。诗是古代文人骚客风流雅事的重要组成部分。像李白的《赠汪伦》就是一首朋友分别的诗。汪伦乃安徽泾县一介村夫,常酿美酒款待客居的老李,老李临别一激动便诗兴大发,刷刷刷几笔,却成了千古名篇。只可惜汪伦不懂这诗的珍贵，把手稿弄丢了，要不然，留到现在，怎么也弄他几百万花花。

有的人雅得让你不可思议。据说五代的杨凝式，曾为别人送了他一罐韭菜花而郑重其事回了封帖子。今人汪曾祺说，在书法艺术上，杨是"由唐代的颜柳欧褚到宋四家苏黄米蔡之间的一个过渡人物。"平时写草书的他，却用行楷写帖子，足见其一本正经。

鲁迅先生自称"毛边党"，每次出书，要留几本不裁边的毛边书存着。他用的信笺，也是自己设计印刷的，很精美。

现在雅人是越来越少了。有人偶尔雅一回，别人会掩口而哂，曰："酸！"还有谁再自讨没趣呢?！没了雅人，也就缺少了雅事，也算与时俱进吧。

赏析

雅，高雅，文雅，一种才情，一种格调，一份吸引，亦俗亦雅，亦庄亦谐。

《谈雅事》一文，以举例子，引用为主要论述方法，夹叙夹议，很好地融进去作者自己的情感，观点。所有的例子都告诉我们：作文也好，吟诗也罢，要有生活，要有特定的环境，所谓即兴，或心血来潮，或创作灵感，都脱不开生活、现实与当时的时代背景。

春秋时期曾皙用诗句描写在沂水河洗浴的情景，孔夫子表示赞同，是因为孔圣人深解雅人之趣；王羲之儿子王子猷发现门外下了雪，独酌酒而吟诗，同时想起志同道合的朋友，竟然连夜乘船前往其家；大诗人李白与朋友分别，诗兴大发，写下千古名篇，至今被后人流传、吟诵；五代时写草书的杨凝式，曾因为别人送的一罐韭菜花而用楷书工整地写帖子表示谢意；鲁迅先生每每出书，都要留几本毛边书存着，连信笺都要自己设计印刷……

　　不用再一一列举了吧！这些，足以说明古人、先辈的高雅、文雅。雅人做雅事，雅人作雅诗，雅事、雅诗彰显雅人之雅。

　　古代文人以修身养性，吹箫抚琴，吟诗作画，登高望远，对酒当歌，听雨赏雪，焚香品茗……为雅事，为欢乐，文质彬彬，津津乐道，更胜者载歌载舞，为后人效仿，称道。如今我们为何不去"雅"一回呢！她不就是新时代文明之象征吗？

（石宝红）

文学故乡的寻觅和佐证
——读侯讵望的散文集《心中的雪》

/ 指 尖

作家侯讵望的作品，无论小说、散文还是电影剧本，均以故乡或地域为源头，流向广阔山河苍茫大地，似乎从故乡出发的写作也更稳妥，更有力。故乡，成为作家写作疆域的精神行囊，在漫长的文学道路上跋涉，背负着它，携带着它，才更自信，也更笃定。但在另一层面上，这种对故乡孜孜以求，不知疲倦的雕撰，随着现实故乡的逐日异化、消弭，改头换面和对传统习俗的抵触、忽略和摒弃，也渐渐形成了一个文学意义上略带虚假的故乡，比起现实的证实，它更多涉及精神层面的满足，涉及情怀和乡愁的范畴。也就是说，只有在文学中，这个故乡才是成立并符合人们审美的，也才是真实而赋予意义的。侯讵望无疑一直践行着这个理念，在文学创作中，将目光牢牢地粘在了故乡——这个广义而狭义的地域，并赋予其深邃的寓意和广阔的构建。

毋庸置疑，侯讵望的笔下的田家庄，是真实存在的。作为同乡，我也曾去过他笔下的翠屏山，在那里，我看到了"千佛池"，还有大小不等、形态各异的摩崖造像。但充满讽刺意味的是，从田家庄出发，并没有一条明显的道路是直指翠屏山的。那是夏天，杂乱茂盛的树木花草将暧昧不明的道路遮蔽，我们需要用仪器来指明方向，并弯腰低头，循着一些来自野兽或者家畜也或者是游人的粪便前行，一路上，那种臭味，冲破草木的气味，蛮横地冲撞着我。这是我作为一个异者于侯讵望先生故乡的直观印象。但在他的眼里，记忆里和笔下，肯定不会出现这样的感觉。

故乡，是一个包纳广泛、极具象征意义的词汇。对于写作者来说，它的存在更具神性和不可替代性。故乡生发和保存的文化符号、俗成约定，以及先祖训诫等等，成为一个人一生最基本的法度，最珍贵的品质，仿佛河流、高山，或醒目的碑匾，不只指引和决定着写作者的生命成长轨迹，影响着他的气质秉性，同时对他的逻辑思维、认知现实，以及写作方式和内容，产生不可撼动的影响。侯讵望对故乡变迁之体味察觉，以及对故乡风物人情的感受是敏锐而悲悯的，他文字中呈现出来的故乡，宽阔、宏大、细致、美好、全面，也更加准确。那么故乡，在他的心中代表了什么？是童年时间的美好？还是生命所经受的苦难？也或许是某种意象、情感和事件的聚集地？对故乡既喜又悲、既爱又怨的情绪是复杂难言的：

"风撩动着花幡，摇曳的烛光在阳光下显得十分苍白，搭在河滩里的灵棚，说明着死者游子的身份。村人讲究，死在村外的人，只能在村外搭棚祭拜，不能如寿终正寝的老人，安然躺在自家的正屋。即便村人允许，老院的破败，那里是安放灵魂的居所呢？

这时，我知道，我已经是故乡的异数，一个家乡的陌生人了。"

人一旦脱离母体，那就注定将成为一个独立的个体。人一旦离开故乡，那就注定将成为一个漂泊的生命。即便你有多么不舍，多么不甘，命运之舟永远不会将故乡这道温馨难忘的背景挂在桅杆上，陪伴你波涛汹涌的人生。写作者的幸运之处在于写作所赋予的某些特质，比如，通过写作，可以跳脱生活的窠臼，像一只鸟一样飞翔。像风在高处游荡，眺望和俯视。通过文字，你可以触摸到别人完全无法抵达的地方，阴暗的、潮湿的、充满危险的地方。但同时，你也得遇另外与之完全相反的东西，开在暗夜的花朵、隐匿的虫蚁、哭泣的小鸟、散发香味的草木、山川与河流的碰撞，还有浩瀚的云天，流星。文学注定是孤独而忧伤的，那种如影随形的忧愁，将会从始至终环绕着写作者。而这忧愁，恰恰是作者骨子里携带的、无法剔除，也无法消解的东西，它是故乡赋予的，它让写作者有深情回望的理由，也有不停反思的动力，只有在这两道力的碰撞中才会生发作家的道义。

"到我家的老院子时已经是中午时分，院门敞开，院子里杂草丛生。正屋早已拆毁，基址上长出了笔直的榆树，总有碗口粗细。几只麻雀在草丛间跳来跳去，叽叽咕咕说着情话。两株梨树已经枯死，一株桃树独领风骚。火一样的花朵，在春天的庭院里，肆无忌惮盛开着，毫不在意人世间的悲欢离合。我站在院门口，望着院子里的树木，儿时的欢笑仿佛依稀可闻。仅仅几十年，自己就年过半百，头发花白了。忽然脑子里冒出几句戏词来：原来姹紫嫣红开遍，似这般都付与断井颓垣。良辰美景奈何天，便赏心乐事谁家院？朝飞暮卷，云霞翠轩，雨丝风片，烟波画船。锦屏人忒看的这韶光贱！我不敢做太多停留，心中有一丝伤感生出，又不便对人言说。看他们照了几张相片，便匆匆离开。"

对遥远时间的怀念，大约是每个人都试图抵达或重新进入的虚妄之念，但从未有人沿着时间长河溯流而上，路过并忽略每一道组成记忆的时间肌理，重现年龄、神态、情状乃至体重和经验迥异的自己，回到生命的起点。侯讵望对过去时间的苦心追溯，对记忆视觉的全方位雕撰，镜像般细微的呈现，给读者带来猝不及防感深恸的烧灼感：

"那时，我们家并不富裕，每逢过年，家里往往只买十几只'二踢脚'，小年早晨上坟祭祀祖宗时在坟地里放三声，然后就是除夕午夜零时，大人们祭祀了祖宗和神仙之后，再放上三声，余下的几只，要等到'破五'，扫完'五穷土'倒出前几天积攒的垃圾之后才放。因为'二踢脚'声响、劲大，大人是不会让小孩子点放的，我们只有站在远处看的份。每每这时，自己手痒痒得要命，恨不能抢过大人手里的半截香头，亲自尝试一次点燃的滋味。"

答案就在这里，但似乎，并不是，它只是作者顽强而执拗的一种认知，一种对源头故乡的幻念，一种对失去时间的幻灭，一种对文学故乡的幻化。故乡变成一个梦境、一个地理概念、一种无法化解的情结、一个最熟悉却最遥远的地方，是"心理上无限接近，却始终无法抵达的地方"。作家通过文字，踏上通往记忆的路途，而所有的满足与幸福，心酸与悲痛，也由此生发。"对故乡的执拗写作，终究会成为一个作家最为黝黑的特征。"这更像是一种标记，镂刻在骨头之上的深痕，会随着生命阅历的增厚，自我的完善，和对世界的认识，越来越深，越来越黑。这种执拗，是侯讵望先生的，也是所有沉湎于故乡、并竭尽全力重塑和修复文学故乡的写作者们的。

地理意义上的故乡是提供我们生命的保障，而精神意义上的原乡，才是重塑我们内心宫殿的基石。侯讵望先生在写作中，通过多角度多方位的文字切入，运用大量的经验积淀，思想的多重碰撞，对精神原乡这一定义进行了价值重构。这个过程是曲折的，也是歧义的，也或许是宿命而茫然的。

"对于远离家乡的个人来讲，明白自己的籍贯是血脉有根的表示。这就像风筝，能够飘得高，飞得远，是因为有线的牵引，由于有线的牵引，它才能越飞越高，越飞越远。一旦线断了，它也就离掉下来不远了。这只是比喻，但人的籍贯就是那根牵引的红线，我们不能忘记自己的来处。而对于家乡祖籍而言，如果自己家里，自己家族，自己乡里，出了一个了不起的人物，也是这个家里、家族、乡里的荣耀。

过去讲荣归故里，只有回到熟悉的地面，你的荣耀才有所附丽，否则，与己无关的人，发再大的财，当再大的官，我们有什么可骄傲和自豪的呢？当然，祖籍不一定就是故乡，但故乡一定会成为祖籍。"

如果说原点意义上的故乡是田家庄，显然他精神意义上的原乡，就更加广泛而抽象，它在此也在彼，在山河大地之上，也在流云繁星之间。侯讵望先生的大量行游文字，我读到了一个真诚、善良，有良知和警觉的他。他并不以原点故乡为牢，将自己囚禁于此，而是将这个原点作为一个起点，走向更广阔，也更无限的远方。这个远方，是不确定的、驳杂的、繁复的，它处处不在，又飘忽无迹，既遥不可触，又近在咫尺。它不可能以一幢建筑或一个师者的形象，出现在现实生活中，它更可能存在于电光火石般的触动和体悟之中，存在于生活的细枝末节，一段字句，一首乐曲。有时它就藏在一声鸟鸣之中，可能在现实故乡的某一座山、某一条沟、某一条河里呈现，也可能在他乡的某一段风景、某一句话中呈现。古人有读万卷书，行万里路之说，读书与行走，也是最能带给写作者思考和触动的两件事，而他们，恰恰是组成精神原乡必不可少的东西。

在《在山海关前伫思》中，侯讵望这样写道："我不研究文学，也不研究历史，我只是站在近两千年的时间交汇点上，眺望那段血雨腥风的日子。当志得意满的曹先生，挥鞭赋诗的时候，中原连年战乱已经让多少人无家可归，让多少人流离失所，让多少人妻离子散，让多少人家破人亡，让多少鲜血染红了奔腾的江河，让多少活生生的生命变成了累累白骨！"

《在高长虹故居前》他写道："院里的梨树在一个雨夜折断了一枝，树冠显得瘦小高挑起来。初秋的果实在微风中摇曳，一如当年的情状，人世间的悲欢离合、恩恩怨怨在它的见证下，显得有些沉重。雨已经停了一段时间，但天还是阴沉沉的。对于我们这些虔诚的拜谒者，除了感叹岁月的迅忽和历史的健忘，我们还能做些什么呢。"

《越霄寻古》让读者共鸣："今人不见古时月，今月曾经照古人。古人今人若流水，共看明月皆如此。"这样的闲愁，终究是闲愁。站在越霄山顶，面对着古人曾经面对的山色云雾，我们能做的，就是用古人的诗句来抒发自己的情怀而已。

侯讵望的写作中，也不乏大量涉及历史人物、事件的描述，但这并不代表他脱离了故乡这一关键词。我以为，所有对历史的追根溯源，及引发的思考和反思，都是一种关乎根源的正确表达。这种脱离日常生活状态，脱离自我的挣扎，无奈、愤怒、向往、欢乐，憧憬所呈现出来的陌生感，其实是人类共同携带的、既惧又怕、既爱又恨、既好奇又迷茫的困惑，只有作家，可以面对过去时间的困惑、惋惜和愧悔，能在叙述中，给予历史最公正、最客观的呈现和表达。

"沧州今天仍然酿酒，但不知此等上品可曾还有？依我的意见，没有也罢，现在酒桌上，哪有这等温文尔雅，谁又耐烦把酒一温再温。君不见公宴私宴，一气猛灌，直喝得五眉三道，东倒西歪，舌头打战，双脚不稳，方才叫尽兴。弄上沧州酒来，一摇晃就不能喝了，谁有这等耐性！据纪先生讲，当时'土人防征求无厌，相戒不以真酒应官，虽笞捶不肯出，十倍其价亦不肯出'。即使是当地父母官，'尚不能得一滴'。"——《沧州佳酒不应官》

生命个体经历造就了集体的记忆，每个人的故乡，汇聚成了人类共有的故乡，而每个人精神的源头，大约都出自历史长河中的某朵雪白的浪花吧。大地上所有地方，都是我们的故乡。作家侯讵望守望原点故乡，并通过行走和遇见，邂逅了更多的故乡。这些永难磨灭的故乡形象，正是他一直寻觅，也终将得遇的精神的、肉体的、灵魂的、文学的故乡，也是他的理想大厦，它带来生命和文字之外的启示和安慰，信仰和笃定，动力和勇气。几十年来，作家侯讵望不遗余力寻觅和佐证文学的故乡，与其说这是他对故土的眷恋，对过去时光的深情回望，莫若说，他是在通过文字来努力保管和留存形将枯朽的传统乡土文化。

指尖，山西盂县人，中国作家协会会员，山西省女作家协会副主席，阳泉市作家协会主席。出版有《槛外梨花》《河流里的母亲》《雪线上的空响》《最后的照相簿》等多部散文集，散文作品在全国报纸杂志发表200余万字，多次入选全国重点选刊、文摘，曾获孙犁文学散文奖、全国网络大赛散文奖、赵树理文学奖等奖项。